Ivo Rossi Sief
Granatapfel

Ivo Rossi Sief
Granatapfel

Ein Werdungsroman

retina

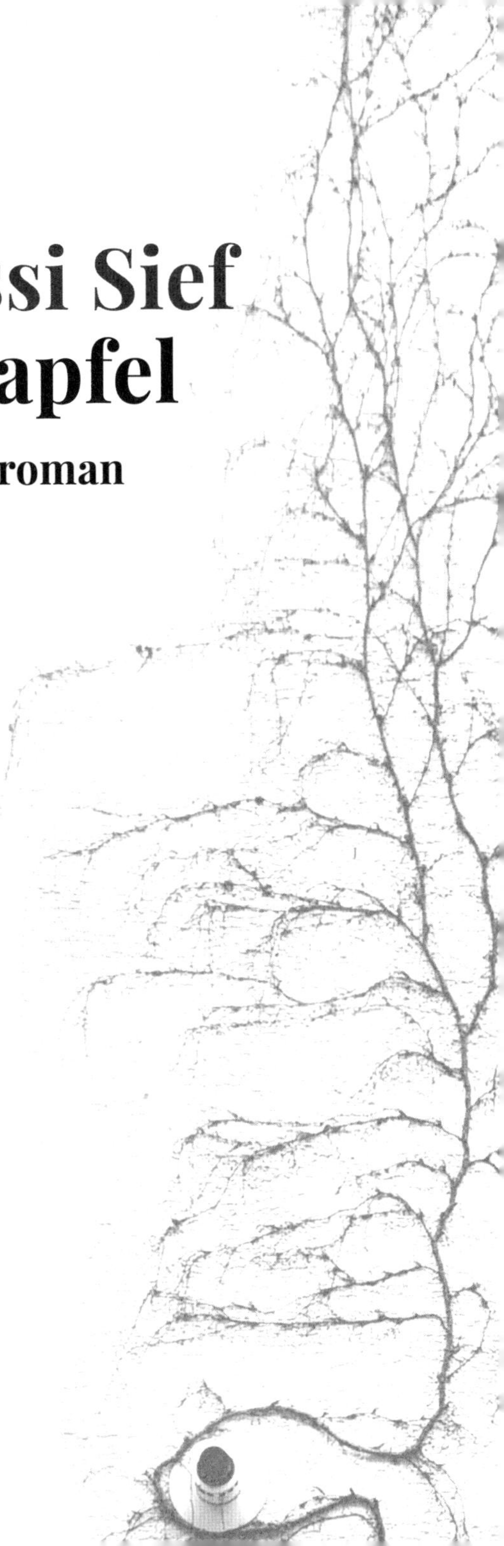

Aus der Musik:

tempo andante con moto – in crescendo

Mit einem großen Dank an Walter Steinmair, denn ohne ihn und seine selbstlose Unterstützung wäre vieles, auch diese Arbeit, nicht möglich gewesen.

Gewidmet auch, im Kreise meiner Familie und Freunde, all denen, die mich lieben.

Entree

Die Leute denken sich, der Mensch sei ehrlich.

Während ich am Tisch sitze und schreibe, nehmen meine Augenwinkel einen orangefarbenen Punkt wahr. Es ist das Ich-habe-jetzt-fertig-Lichtlein der Spülmaschine.

In diesem Moment dreht Zea sich von ihrem Schminktischchen um und fragt: „Was denn … wenn man richtig glücklich wäre?"

Nun, ich stehe etwas aufmüpfig da – und lockere sofort meine inneren Zügel. Bewegung (es spielt gerade eine Sonate aus dem Musikplayer) kann in meinem Inneren, somit in meiner Seele, nur durch Verbindung mit dem Reichtum der Beziehungen, die aus gemeinsamen Reflexionen und Gemeinsamkeiten bestehen, entstehen.

Sofort komme ich ins Grübeln. Entsteht Bewegung in mir aus dem Farbenspiel der Natur? Von einem Ruf, der von einer – deiner? – angenehmen Stimme kommt? Oder von einem gelungenen – von mir gemalten – Bild? Von hinter der Oberfläche, Oberflächlichkeit der Interessen? Ergreifende Blicke eines Hundes? Nein, so was war nie meins, aber sehr wohl ist meine Sache die Tragödie (Tragödie als Form des Dramas wie Komödie).

Zea hat inzwischen die Augen geschlossen. Das, was ich gerade meinte, geht ihr zu nahe oder eher zu weit, und sie versucht, mit ihrer ganz eigenen lieblichen Entschlossenheit mich von meinem Ausgang abzulenken, hin in Richtung unmittelbares Leben. Sie atmet so, als wären ihre Atemzüge Schritte durch ganz andere Tore.

Bei starken freien Geistern ist das unvermeidlich und kein Grund, weil eben so schön, sich dagegen zu entscheiden. Sie tut ihre Schritte, angenehm weiblich, ganz.

Ein leichter Nebel steigt gerade aus dem Tal, und es hat – eine irgendwie heilsame – Helligkeit in den großen Fenstern. Es gab – es ist nicht lange her – ja Zeiten, wo für mich alles in einem staubigen Gelb orientiert war und Leute, die nur Passanten in meinem Leben waren, wie Nebelstücke sich in Nichts auflösten.

„Die Tatsache, dass wir uns so angepasst geben müssen, ist oft erschreckend", gibt Zea eins drauf, die Augen noch geschlossen. „Und es sieht so aus, als würden wir besser überleben, nur weil wir der Kontrolle über unser Äußeres beraubt sind: weil wir diese abgegeben haben."

Ich weiß, dass es (meistens) nutzlos ist, Zea nicht zuzustimmen. Und ich bedanke mich, dass sie – nie enttäuscht – bei mir ist, bewegt von der Liebe. Das ist nicht selbstverständlich.

Zea … Einige Minuten lang lasse ich diese emotionale Vitalität – die eingefärbt ist wie die eines Kindes – sich vom Grund, aus dem sie sich gelöst hat, erheben; wenn jetzt etwas kaputtgeht, verliere ich die Kontrolle, zerstöre ich diese zarte Brücke – über das Damals und Jetzt gelegt – an diesem Sonntagnachmittag, der irgendwo das Für-immer-und-ewig noch versteckt hält.

„Zea!", ich nähere mich ihr, schnappe sie bei der linken, langfingrigen, hautzarten Hand und drücke diese gerade genug fest. „Du hast geschlafen? Vergib …", und küsse ihre Stirn – sie schüttelt mit einem verlegenen Lächeln ihren Kopf, dreht sich um und schläft wieder ein.

Ich habe mir neue Kleider zugelegt und schreibe weiter.

Über Reinhard.

Erzähle ich von ihm, dann geht es hier nicht um einen, der auf der Welt viel erreicht, der große Dinge oder Herausragendes vollbracht hat, sondern um einen Menschen, der den größten Teil seines Lebens um Akzeptanz und Anerkennung ringen musste. Um seine Art zu sein, seine Motivation und um alles, was er getan hat. Ich erzähle von der Unsicherheit, die in Sachen Seinsberechtigung bereits in seiner Geburtsstunde in der Luft hing. Ich erzähle vom Weggehen und Ankommen, vom Werden und Sein.

Vieles hat Reinhard sich erkämpfen müssen, und für alles dachte er, kämpfen zu müssen. Das tat er akribisch, manchmal auch übertrieben.

Der Sippeneierstock

Reinhard hatte auf dem Papier einen doppelten Nachnamen. Ein Teil des Namens ist ein rein italienischer, nein der alleritalienischste von allen. Dadurch fühlte er dort, wo er aufwuchs – in der seit Ende des Ersten Weltkriegs ob dem Nebeneinander verschiedener Sprachen seltsam belasteten Gegend –, dass seit allem Anfang seines Lebens alles, was er tat, gleichsam eine öffentliche Beleidigung darstellte. Die Mädchen, die ihm gefielen, wollten wegen seines Namens nichts – und wenn doch, dann nur ganz wenig – mit ihm zu tun haben. Das tat weh.

Den Namen trug er, entsprungen im Sippeneierstock, als Folge einer bürgerlich-adeligen Bettgeschichte. Die Familie lebte in der sehr kargen Gegend der steilen Wiesen und Hänge, die sich unmittelbar unter umkämpften Bergen befand, von wo man in große Städte, in Richtung der Großregion Venetien, weit in die Ferne und hinunter in Täler von erlesenen Weinen blickte.

Reinhard kam also *aus dem Wald* – aus einem engen Tal, aus dem die Menschen, um Arbeit zu finden und um zu überleben, auszuwandern hatten. Er wuchs in einem Dorf mit breitem deutschem Dialekt auf, wo bei steigender Nachfrage nach Zimmervermietung eine rege Tourismusaktivität im Entstehen war. Es war schon immer ein deutsches Dorf gewesen, mit Ausnahmebescheid später: eine deutsche Gegend und Region.

Mit einem Kirchenglockenklang à la Gelobt-sei-Jesus-Christus strahlte rundum noch nichts eine Wirtschaftskompetenz aus, es gab nichts Spektakuläres zu erwarten, alle aber waren aufs Höchste neugierig. Kaum etwas war illegal oder ungesetzlich. Die Zeitkritiker hatten schwere Balken an die Grenzen gesetzt, somit war jede Eigenart deutlich – und zubetoniert geschützt. Und durch das traditionsgemäße Knödelzubereiten in den Familien gab es auch kein Restbrotproblem: Weizenmehl und Semmeln waren wie spirituelle Bedürfnisse.

Reinhard brauchte ziemlich lange, um etwas über das Leben und die Fortpflanzung zu erfahren, denn die Zeiten, in denen er aufwuchs, waren keineswegs aufgeklärte – was somit auch für seine Eltern galt.

Wind und Staub wirbelten auf den zum größten Teil noch unasphaltierten Straßen. In so einem Zustand Gelehrsamkeit, also Lernfähigkeit aufzubringen, war für Reinhard mit übergroßer Neigung zum Fragenstellen verbunden. Als Kind hatte er unendlich viele Stunden verzaubert verbracht – keine groß ungewöhnliche Sache freilich – und eine rege Neugierde an den Tag gelegt. Er unternahm viele Reisen zum Gesundheitssprengel, weil er – hypersensibel als Wesen und sehr zart von Konstitution – nicht eben ein gesundheitsstrotzender kindlicher Muskelprotz war und vom achten bis zum fünfzehnten Lebensjahr ein Rheumaherzfehler mit sich herumzutragen hatte.

Die vielen einsamen Stunden, Tage, Jahre, die er nicht wie die anderen Buben den ganzen Tag im Schnee oder hinter einem Ball verbringen konnte, weil er es gemäß ärztlichem Verdikt nicht durfte, machten ihn sehr früh zum regen Grübler und Fantasierer.

Die Wiesen prall gefüllt mit blühendem Löwenzahn, dessen Wandlung zur Pusteblume, dazu das

Butterbrotpapier, auf das er mit Tricks zeichnete, waren für ihn Dinge, die ihn oft in den Zustand des versonnenen Seins versetzten. Ein einziges Mal hatte er sogar zugesehen, wie ein Ei seiner Wellensittiche aufsprang, um ein Küken freizugeben, das gar lebte – und das drei Wochen lang. Das war wie Mystik für ihn.

Abends lief im Wohnzimmer einer der ersten erwerbbaren Fernseher. Es gab damals nur ein staatliches Programm. Aber Reinhard hatte ohnehin andere Interessen. Theorien über Kekse und das Chaos in der Ehe von Mutter und Vater nahmen einen großen Teil seiner Kindheit ein. Eine Beziehung zwischen Eltern und ihren Kindern gab es in der damaligen Zeit nicht. Freilich sagte Reinhard auch nie ein aufmüpfiges Wort. Gott sei Dank gab es eine Hilde, die auf ihn aufpasste und ihn bekochte.

Eine Familie im ständigen Einklang war die seine nicht, denn in den Räumen wurde sehr oft eher Saures verbreitet. Manch ein Kind sprang bei so etwas wiederholt rabiat von den Stühlen. Reinhard wollte sich rückwärts aus diesem Zustand winden – und beschloss eben, krank zu werden. Ein psychodynamisches, psychosomatisches Vorrecht? Eine Zumutung? Einfacher: Um zumindest manchmal den Sauermachern irgendwie Paroli zu bieten, begab er sich in ein Schmoren mit zurückgeschraubter Hörfähigkeit.

Reinhard wurde ein grünbunter Chaot. Nach außen und auch in sich drinnen. Und wenn all die anderen Prioritäten in der Familie zur Folge hatten, dass er alleine war – und das war sehr oft der Fall –, baute er sich mit den Küchenstühlen in seinem Kinderzimmer eine eigene Welt.

Schwer zu sagen, ob die Form der Liebe seiner Eltern auf Reinhard bedrückend, ja unterdrückend wirkte. Sind nicht viele von uns Opfer enttäuschter Freuden und des aufgezwungenen Mitgefühls, gebündelt im Zuhause? Also wie diese Spannung, die sich in Reinhards Gelenken manifestierte, wieder lösen?

Er schrieb in seinen ganz frühen Jahren kleine Gedichte. Vom Fenster aus die vielen Obstbäume in den Gärten und Gemüsegärten in seiner ländlichen Umgebung beobachtend, fand er, dass auch er sich wie ein Produkt der Modifikation fühlte – wie Heranwachsende es eben in diesem Kindeszustand, in diesem Stadium der Geistesjongliererei und der eigenwilligen Gedankenassoziationen tun. Zwangsläufig fantasierte er also gerne über das Wesen der Früchte – wegen der Optik, die sie ihm boten: Pfirsich oder Kirsche oder Aprikose, Hesperidium, Beere, Traube oder Wassermelone, Tomate, Apfel oder Birne, über deren Bedeutung und über deren Vermehrung. Diese wurden dann mit unendlich viel bescheidener Unerfahrenheit in eine wahnwitzige Geschichte verpackt.

Reinhard stand dem Schauspiel der Früchte (ein solches war es in seiner Fantasie) wie ein Regisseur bei und schaute zu, wie sie sich am Boden, auf dem Rasen des Bauernhofs, auf dem seine Familie wohnte, reif vom Ast gefallen ansammelten: die frühen Früchte als junge Schauspieler in seiner noch sehr junger Fantasie. Nein, Regisseur war er nicht, ein Bühnenarbeiter wohl eher und ein Benediktiner in einer nicht ganz normalen Situation. Erst einige Zeit später sollten Rollenspiele zu einem Räume öffnenden und erkundenden Bestandteil seines Werkzeugkastens werden.

Reinhard kam als Linkshänder auf die Welt. Er wurde dann – so wie in damaligen Zeiten üblich – gezwungen, sich auf das Rechtsschreiben umzuschulen. Er zeigte bereits Offenheit für Meinungsverschiedenheiten und erhaschte diese aus noch unreifen Blickwinkeln: Die Früchte der Erde, zum Beispiel, die er nicht im nahen Garten beobachten konnte, fand er in den – damals noch seltenen – Magazinen und Broschüren abgebildet, die ins Haus flatterten (seine Eltern verwalteten das örtliche Postamt und nahmen mit, was liegenblieb). Er schnitt sie dann aus und klebte sie an die Zimmerwand. So wuchs an der Wand sein ganz eigener Baum.

Jeden Herbst wollten mehrere Kilogramm Bohnen in Vakuum eingelagert werden. Der Zentner Äpfel wurde von ihm geschält (ein Ritual damals, um sich zu beschäftigen), dann vom Kernhaus befreit. Hilde blanchierte sie, Reinhard wiederum stopfte sie in Dosen mit Schraubverschluss. Diese kamen dann in den heißen Backofen damit sich beim verschlossenen Aufkochen das Vakuum bilden konnte, Gefriertruhen gab es damals noch nicht. Mit indischem Kuli wurden abschließend die Etiketten beschrieben. Denn er war nah dran am Werden und Vergehen der Früchte und an deren Verwandlung.

Reinhard musste sich aber zunächst mit diesen Früchten begnügen – er lebte in einem Zwischendeck des Lebens, im Unterbewusstsein ständig achtgebend, dass das Leben ihn nicht zerreißen würde, er nicht zu viele Flecken aufs Gewand schmierte und es schaffte, mit dem „Die Mütze ist wohl nicht dein Ernst!" auszukommen.

Wenn man sich noch in diesem Zustand des Kindseins befindet, an der Wand des Lebens, war man verständlicherweise auf keinen Fall schon frei, weil zwangsläufig unter Beobachtung und – sozusagen ein Buschwindröschen – noch isoliert. Und doch verhielt Reinhard sich im Grunde zum Leben wie ein bis zur Besinnungslosigkeit entfachter Schwärmer: Unzüchtigkeiten in seinem Fantasieschloss und Statisten auf den Brettern seiner Lebensschülerbühne innerlich gerne wegpustend.

Aber offene Ohrmuscheln mit Gänsehauteffekt, den Mozarts *Requiem* oder Jazzpianostücke von Garner beim Zuhörer hätten auslösen sollen, waren nichts für Menschen dieser Zeit und Gegend, die sich im Wirtshaus daran ergötzten zu berichten, wie drei Rehe am Straßenrand von den Scheinwerfern geblendet dastanden, als sie nachts auf der Landstraße heimfuhren und sie die Büchse, Herrgott, nicht mithatten.

Um das heute vehement vorgetragene Thema – Glück mit Gänsehauteffekt, Glück als frohe Botschaft zur Menschheitsentwicklung, als Dopaminausschüttung mit dem Effekt eines wärmenden Wohlgefühls, in der Liebe und also in den Beziehungen – ging es damals nicht. Schon eher um Gänsefedern und die Gänse selbst, für satte wohlgenährte Mägen gebraten – oder fallweise eben Rotwild.

Männerheim

Mit elf Jahren deponierte man Reinhard in der nächstgelegenen Kleinstadt in einem Heim, auf dass er eine Mittelschule (anderswo Hauptschule genannt), eine Art Technische Vorbereitungsschule, besuchte.

Reinhard war ein wenig schlau, eher hübsch, nicht ganz gesund. Werte – und wie man sie über die Kindheitsjahre hinaus entwickeln sollte – lernte er in diesem Heim nicht. Es herrschte eine vorwiegend emotiv-gestresste repressive Stimmung. Die Mutter war an oberster Stelle für die Erziehung ihrer Kinder zuständig, sie allein bestimmte über die sozialen Ideale für ihr Kind. Reinhard war sich nicht darüber im Klaren, was seine Mutter dazu bewogen hatte, ihn in dieses Heim zu schicken. Aber die Entscheidung war aus dem Nervenzustand seiner Eltern erwachsen (vier Buben an der Backe waren zu viel des Guten) und von diesen idealisiert worden.

Die Schule, in die er ging, war keine Privatschule, sondern eine gewöhnliche öffentliche Pflichtschule. Er hatte mittelmäßig gute Noten und ein eher verklemmtes Sozialleben. Erfolge hatte er zunächst nur in seiner Unsicherheit und in der Tatsache des Wachsens, Reinhard erreichte im Laufe der Jahre dann die einsvierundachtzig.

Weil ihn die Küchenchefin so gerne leiden mochte, durfte er Servietten in Streifen falten und die Tische decken – als Belohnung bekam er auf seinen gesottenen Kartoffeln einen Schuss mehr gutes Olivenöl. Und weil er – gezwungenermaßen – in seinem Dorf oft ministriert hatte, bestellte man ihn auch in die Kapelle dieses Hauses. Doch er nutzte die biederen Gottesdienste und bigotten Gebetsstunden vielmehr zum Träumen. Er träumte … vom Spielen in einem anderen Lebensstück.

In diesem Kindesalter dachte er gewiss noch nicht daran, ob er künftig womöglich eine große Aufgabe zu erfüllen hatte. Im Heim tat er aber unwillentlich die ersten Schritte im Leben da draußen. Zum ersten Mal wurde ihm für jedes Wort, für jeden Ton und für jedes Schweigen ein Verständnis anderer Art abverlangt als für das, was er bis dahin gewohnt war – auch dafür, wie man alle diese neuen Schritte als Kind tut: ein wenig beschämt im Herzen.

Wie kann Reinhard sagen, dass er peinlich schaute, wo er doch noch keinerlei Absichten hatte? Was wusste er, der vom einfältigsten Bergdorf an jedem Sonntagabend mit Bus und Zug in dieses Heim kam, denn schon vom bewussten Sehen?

Marcella war nicht das schönste Mädchen der Schule. Aber sie war die Allererste, die ihm – er war ja so unschuldig und süß – dort im Stiegenhaus ein flüchtiges Küsschen auf die Wange verpasste, und das, obwohl sie zwei Jahre älter war als er, also dreizehn. Ob sie bereits wusste, was sie tat? Bei ihm war es ein „Oh, was?", das er hastig sagte, bevor er bemerkte, dass er in seinem Kopf und überhaupt ganz ordentlich zerrissen war.

Sie begannen dann Zettelchen auszutauschen. Die Antworten waren natürlich schön zu lesen. Aber der schleimig hinterhältige Leiter des Heims begann zu suchen, als er davon erfahren hatte, und fand die unschuldigen Botschaften in Reinhards Nachtkästchen. Und setzte dem Ganzen ein Ende. Marcella wurde arg beschimpft und Reinhard wurde vom morbiden Pater und von zu Hause hart bestraft, sodass er folglich strengstens kontrolliert wurde. Nun hatte er etwas über das bewusste Sehen gelernt und erfahren, was eigentlich theatralisch geschauspielerte Sündenzuweisung bedeutete – und war plötzlich auch etwas erwachsener.

Es war ein optisch trauriges Gebäude, das Heim da in der Bahnhofstraße. Reinhard blickte grundsätzlich immer recht verstohlen in die Räume des Hauses. So vieles war einfach nicht gut in diesem Heim. Nicht für ihn, der dort geprägt werden sollte. Es gab nichts wirklich Männliches dort, etwas, woran er sich orientieren konnte. Obwohl es doch ja ein Männerheim für Mittelschul- und Gymnasiumaltrige war.

In den Nächten war es dunkel, der Mond, der ansonsten stets Reinhards großer Lichtgeber gewesen war, war hinter den Gipfeln der Gebirgsmassive verschwunden.

Reinhard konnte nicht sagen, dass er sichtlich enttäuscht war von diesem Leben, das er hier führte; es wäre ihm ohnehin nicht erlaubt gewesen, sich offen über etwas zu ärgern. Dem Ruf, besser gesagt, dem Befehl der Mutter gab es ohnehin kein Entrinnen. Und so versuchte er immer recht brav, die Aufgaben, die er bekam, zu erledigen – damit er von keinem sonstigen Donner in die steilen Hänge des Missmuts gerügt werden konnte. Diese Saubermannwerte entwickelte er weit über die frühen Kindheitsjahre hinaus und erhielt sie akribisch, wenn auch manchmal recht gewieft, aufrecht.

Wenn er an den Wochenenden zu Hause war, ging er gerne mit den Freunden des Dorfes mit Fäustel und Spitzeisen Mineralien in den Felsen suchen. Beim Marschieren zu den geheimen Stellen traten sie auf die Wurzeln des Waldes. Die Brettertür einer Hütte auf halber Strecke stand immer offen, und Reinhard sah das tropfende Wasser in der Dunkelheit der Öffnung. Nach Wind und Schlagsahne schmeckten solche Tage.

An das Brüllen der Stürme konnte er sich später nicht erinnern. Wie es war, während des Regens wieder die Hänge hinabzusteigen, schon. Auch an die kleineren Pfützen und an manche Antworten, die von irgendwo von selbst daherkamen. „Das Essen ist bald fertig", wusste er noch, war wichtig. Seine eigene Stimme hatte – da er sie selbst kaum bemerkte – nie einen bedrohlichen Klang. Wenn er versuchte, ein Gespräch mit den Eltern zu führen, wurde er nicht gehört.

Ein Spiel von Licht und Geheimem schien Reinhards Leben zu beatmen. Der Geruch von Mist in der bergländlichen Gegend. Es war dann nichts Schlimmes, wenn er sich nach einem ereignisreichen Wochenende in freier Natur am Sonntagnachmittag – und im Winter war es ja so früh schon finster! – beeilen musste, um den Autobus zu erwischen, der ihn – beladen auch mit Ratschlägen und Anweisungen – zunächst fünfundzwanzig Kilometer bis zum Bahnhof fuhr. Ein Regionalzug tat den Rest, und Reinhard war nach ein paar hundert Metern des Zufußgehens wieder im Heim.

Das Dorf in der Höhe ließ er immer mehr, so wie es war, dort liegen. Mit der Zeit erinnerte er sich nur mehr an die feinen Rauchfäden aus den Spalten der Kamine, die – genauso wie seine Träume – von den Windstößen gelöscht wurden.

Das Sein und Leben im Heim mit den großen grauen Außenmauern lief oder kroch mitunter weiter – seinem

Empfinden nach so wie Regen, der auf ein Blechdach schlägt, um in der Dachrinne ein Wasser des „Nun, das ist alles in Ordnung!" seiner Mutter zu werden, das dann in ihrem, aber nicht in seinem Boden versank.

Reinhards Vater nickte zu allem und blieb auf seinen Wegen. Pfade hatte er keine – und wenn er doch welche kannte, dann solche, die mit einer dicken Schicht von Moos und Geflechten bedeckt waren und die er zum Pilzesammeln betrat. Er sagte Reinhard nur Dinge wie: „Bleib schön weg von den gefährlichen Pisten!", „Sieh zu, immer nur über Bäche zu kommen, wenn es zu regnen aufgehört hat in der Nacht!" und „In der Mitte ist es sicherer!".

Jeden Morgen, wenn Reinhard im Heim sein Frühstück aufgegessen hatte, sprang er auf und rannte. Vorbeugend packte er seine Fantasiespeere, die er sich stets neben der Tür lehnend vorstellte, Waffen, die er griffbereit zurechtgelegt hatte, falls er im Heim angegriffen werden sollte. Fand man ihn bereits in diesen Jahren außergewöhnlich oder sogar eigenartig?

Reinhard selbst liebte den Jungen, der er war – er hatte ein gutes Herz. Im Heim jedoch beleidigten ihn einige der Mitbewohner, weil er wegen seiner noch bestehenden Kinderkrankheit schwächliche Beine hatte und außerdem einen langen Haarschopf ins Gesicht trug. Zank mit ihm suchend, nannte man ihn Feigling oder beschimpfte ihn mit anderen dummen Ausdrücken – worauf ihm, dem Gutherzigen, aber nur übrig blieb, mit einem nachsichtigen, wenn auch verkrampften Lächeln zu reagieren.

Die Morgen waren für Reinhard nie schön und hell, obwohl es diese hohen Fenster gab, vor denen nur der eine große Baum stand. Und an den Abenden amüsierte er sich nie mit den anderen Jungs in den drei Schlafsälen mit den mit Armeedecken ausgestatteten Bettgerüsten, nie wurde neckisch zu ihm ein Polster geworfen.

Einmal reichte Reinhard einem der Ältesten ein Stück Brot, der es nahm, nickte und ab diesem Zeitpunkt sein Beschützer sein wollte. Reinhard versuchte folglich, ihn zu imitieren und sein Haar genau wie er zu kämmen – à la James Dean. So perfekt bekam er die Frisur allerdings nie hin.

Er hatte bereits damals erkannt, dass er ein auf Warten und Hoffen programmiertes Leben hatte. Und dass er in dieser Lage ein Big-Luck-Lenker hätte sein müssen. Aber während der Kinderjahre konnte er sich nicht darüber klar werden, wie beziehungsweise warum er so eine Rolle hätte einnehmen sollen.

Wenn er beim Abendlagerfeuer im Hof des Heims hin und wieder einige Schlückchen des bei solcher Gelegenheit gereichten wärmenden Getränks zu sich nahm, sah er nachdenklich in die Flammen und sagte leise zu sich selbst: „Es war schon immer so – aber wird es immer so sein?" Er war gelassen und nicht eingebildet, als er beinahe forderte: „Das Leben schuldet mir doch etwas anderes! Ich brauche nur noch etwas Zeit, um zu verstehen, was." In diesen Augenblicken fühlte er sich entschlossen.

Wenn es dann zu regnen begann, floh Reinhard nie eilig ins Heim. Dieses Haus, fand er, bot keinen Schutz vor den großen Lawinen von Schlamm und den Steinen des Lebens. Direkte Angst davor, dass irgendwann etwas sehr Negatives um ihn herum oder mit ihm passieren könnte, hatte er aber nicht.

Er empfand das Leben als gut, denn seine kindliche Welt, die bis dahin nichts als ein großer Spielplatz gewesen war, ließ ihn bald erfahren, dass Realität mehr als nur Spaß und Spiel sein musste. Er tappte somit vorerst – dank einer gewissen inneren Frechheit um nichts bange – auf Partys umher, trug seltsame Klamotten und empfand manchmal drei Stunden am Stück Vergnügen, bevor dann aber wieder Stunden der Melancholie und Langeweile folgten. Er stellte sich einen stattlichen Turm vor, den alle beachtenswert fanden, weil er von dort nicht nach Großem Ausschau hielt, sondern Dinge der Glücksverwirklichung erreichte und auch verbreitete.

Seine Eltern und generell Erwachsene fand Reinhard in gewissem Ausmaß schwierig. Aber er dachte sich: „Ich bin erst am Anfang und daher in diesen frühen Kinderjahren noch nicht darin geübt herauszufinden, wie Erwachsene etwas aufrechterhalten und wie bei ihnen das Thema des Egos seine Stacheln spitzt." Oder so ähnlich.

Die Berge blieben da, wo sie waren. Die Monde empfand er manchmal wieder günstig und gütig. Er sollte sich auf irgendeine kommende Zeit vorbereiten, richtig? Denn wie sollte er schon gefunden haben, was er brauchte? Ob er sich tatsächlich schon fragte, in welche Richtung sein Leben gehen sollte?

Er fragte sich eher, wie er einigermaßen annehmbare gute Noten nach Hause bringen konnte, um das Mittelschulabschlussdiplom ausgehändigt zu bekommen. Glücklich oder zufrieden mit dem Leben war er aber nicht. Er fühlte sich durchwegs wie eine Taube nach einer Bauchlandung.

Das erste Mal höhere Ziele setzte er sich, als er sich von einem Freund die Noten und einige Griffe auf der

Gitarre beibringen ließ. Er bildete sich sogleich ein, darin talentiert und vielversprechend zu sein und war ab diesem Zeitpunkt sogar felsenfest entschlossen, es zu etwas zu bringen. Es war jedoch noch nicht der Moment gekommen, an dem er sich vorstellen konnte, sich bereits vor dem Haupteingang des Lebens zu befinden. Vielmehr beeindruckte ihn noch immer, wie Jesus Christus die Welt verbessern, ja sogar retten wollte.

Eines Tages war sein Kopf mit der Schulter des Christus am Kreuz auf gleicher Höhe. Da wusste er plötzlich, dass er in einem wichtigen Alter war: Er war dreizehn, bald wurde er vierzehn.

Maschinenbau, Musica, Mores

Reinhard brachte also recht passabel und ohne Auffällig-
keiten die Schulvorstufen hinter sich. Daraufhin ging er
sein erstes Studium an, das er – so viel sei jetzt schon
verraten – als Ingenieur eines technischen Metiers verließ. Warum er auf eine Höhere Technische Lehranstalt
ging, um Ingenieur für Maschinenbau zu werden? Er
machte es nicht, weil er ein so leidenschaftlicher Bastler
gewesen wäre. Nein, seine Eltern, sprich seine Mutter
war es wiederum gewesen, die diese Wahl für ihn getroffen hatte.

Das ITI, das Technische Institut, befand sich in einer
anderen Stadt, in der er sich bei einer Familie in einem
Privatzimmer einquartierte. Reinhard nahm sich Zeit, um
sich einzuleben. Er lernte und übte und redete sich ein:
„Du lernst eine neue Fertigkeit und dann machst du halt
etwas daraus."

Die Übungen waren eigentlich – so wie die Schule
generell – nicht schwer, ja, sie waren mitunter lustig, zuweilen mental nahrhaft. Schlussendlich aber waren sie
für seinen Geist doch zu eintönig. Aber egal wie besorgt
Reinhard als musischer Mensch damals diesbezüglich
schon war, er fügte sich.

Ein vielleicht weiser Mann – war es sein Onkel und
Firmpate, der eine Weihnachtsbaumkugelfabrik bei Mailand hatte? – sagte einmal: „Beginne das jetzt! Denn es
ist halb gewonnen." So komische Sätze vergisst man offenbar nie.

Insgeheim wusste Reinhard aber dennoch, dass es ganz anders kommen sollte. Und als er wieder einmal mit seinem Freund zusammenkam, jenem, der ihm die Gitarrengriffe beigebracht hatte, wurde ihm erneut die Richtung gezeigt, in die es gehen konnte. Kurt war Keyboarder einer Rock-&-Pop-Band und hatte immer schon Eindruck auf ihn gemacht. Immerhin war gerade die Zeit der Beatles und der Solchähnlichen angebrochen.

Die Vorlieben und Entscheidungen der jungen Generation – auch oder vor allem jener von Reinhard – hätten mitunter von Psychologen hinterfragt und in einer Studie über Narzissmus festgehalten werden müssen. Es gab als Folge der sozialen und studentischen Befreiungsbewegungen kaum glaubwürdige Oberhäupter mehr und jeder erklärte sich selbst zum Präsidenten des eigenen Seins.

Gleichzeitig wurde in der Gesellschaft der Ruf nach kreativen jungen Menschen laut – nach friedlichen sowieso, von der Peace-and-Freedom-Epidemie war ohne Rast die Rede. Während sich die Eltern eine industrielle Erziehung ihrer Kinder erwarteten, legten die Jungen im Gegenzug aggressiv Wert auf ihr Selbstwertgefühl, eingebettet auch im Wohlergehen der Wirtschaft. Sie wussten den Fortschritt und die Weiterentwicklung der Möglichkeiten der Technik und des Wohlstands sehr wohl zu schätzen: die Generation(en) der Studenten der großen Bewegungen.

Prinzipiell war Reinhard eher am Abwarten; das war sicherlich kein Prädikat von Güte. Und er akzeptierte mit Dankbarkeit – und wie auch immer – jede kleine Welle in den Wogen des Oberschulstudiums, die ihn hievend, achtend auf den Gegensog, voranschubste, um ihn möglichst gut durch das zu bringen, was als Nächstes anstand. Mit dem inneren Motto: „Hilfe wird immer notwendig sein."

Auf der Bachpromenade auf dem Weg zur Schule lag lange Zeit, halb im Gebüsch, eine Laterne am Boden. So wie diese verharrte er oft in einem wartenden Zustand. Im Zusammenhang ging es ihm dabei um die Konstruktion seines inneren Hauses. Säle mit brennenden Kerzen waren ihm noch kein Begriff und er war zerstreut, ohne zu wissen, ob er es absichtlich war. Kein Begriff für Konsequenz lag ihm noch auf der Hand. Auch wuchs ihm kein Bart.

Reinhard gab sich, wenn auch nur ganz zaghaft, den unüblichen Moden hin und hinterfragte den religiösen Glauben, der beim Etwas-einem-Pfarrer-Beichten bestellt werden konnte. Er fragte sich, was in diesen Zeiten das Leben von ihm forderte, was zu erkennen ihm gelingen würde, was der Mittelpunkt seiner Aufmerksamkeit werden würde.

Doch er ließ sich immer weniger vom Katholizismus beeinflussen: Die softagnostische Sicht ließ besser auf eine lange, wenn auch gerade noch langsame, innere Transformation blicken. Bisher waren seine moralischen Überzeugungen ziemlich alle noch übernommen. Er erkannte, dass ihn bis zu diesem Zeitpunkt nur formale Ausdrücke eines Respekts vor der heiligen Kommunion und Solchähnlichem als Zeugnis von Bekenntnis hatten glauben lassen.

Führungsverhalten schnell zu übernehmen, Kontakte und Übersozialisieren waren nicht Reinhards Ding. Etwas Eitelkeit, auf das äußere Erscheinungsbild gerichtet, war bei ihm jetzt Thema. Seine Fähigkeiten waren noch ge-

koppelt an kräftige Gelenksschmerzreize. Darin erkannte er seine Chance, vom Militärdienst freigesprochen zu
werden – ein übergeordnetes Anliegen für beinahe alle
Jungen damals. Und kaum einer schämte sich dafür.

Auch eine erste Frau war für Reinhard da, wenn auch
nur zum Händchenhalten. Manchmal schien es ihm, als
dürfe es ihm eigentlich an nichts fehlen, aber seine Se-
xualität, die war für ihn noch ein Geheimnis. Das sexu-
elle Verhalten in dieser Zeit war als Befreiungshysterie
weit verbreitet. Reinhards spektakuläre geistige Impo-
tenz zur Sache hätte beinahe als psychische Erkrankung
durchgehen können. Ob er über das Versäumte zumindest manchmal weinte? Ich sehe das so: Reinhard rettete
seine Geldbörse. Damals meinte er überhaupt, dass
Geld dann ewig vorhanden sein würde; er selber hatte
einfach nur noch keines.

Was folgte auf sein persönliches Chaos? Wenn er bereits mit Philosophie zu tun gehabt hätte, hätte er etwas
dagegen tun können. Reinhard tat sein Ding jeden Tag,
immer wieder aufs Neue, so gut es ging, so wenig es
ging, bedauerlicherweise wohl wissend, dass er nicht
über magische Kräfte verfügte, und mit keinem Vorbild
vor Augen.

Vage hatte er vorerst – weil andere Freunde es auch
so taten – einen Job als Lehrer vor Augen. Mit dem Abitur konnte man in dieser Zeit bereits unterrichten. Gut
sehen konnte er Tag für Tag fortwährend nur das: „Und
wie tue ich etwas heute?" Von Exzentrik keine Spur, er
versuchte niemandem großen Eindruck zu machen. Aber
er schrieb heimlich an ersten Liedertexten.

Reinhard las, weil er es für die Noten tun musste, vieles von dem, was die Dichter und Poeten mit großer

Hingabe schrieben. Er blieb aber ein Tölpel und unreifer Seeleneimer. Die Seele verlässt oft und so oder so die irdische Welt, um andere Ebenen betreten zu wollen, das ahnte er schon und wunderte sich über den Gott des Weines Bacchus mit seinen barocken Eigenschaften – Reinhard versuchte sich einzureden, dass Alkohol beflügelte und somit Literatur war für Menschen, die nichts verstanden. Unter den Jungen öffneten sich also auch die Türen der Kehle. Reinhard wurde aber nie einer, der etwas von Alkohol verstand.

Wo beginnt die Störung, wo beginnt das Wohlbefinden?

Die Schulklassen des Technischen Instituts waren meistens sonnendurchflutet. Hinter dem Glas draußen lag, zwischen dem Bett eines Baches und dem des Flusses, die zweisprachige, stark provinzielle Stadt. Früher war sie befestigt gewesen.

Während der Jahre im ITI brachte Reinhard es zu keinem inneren Machtgefühl. Die wenigen Höhepunkte, die das Studium bot, waren, besser gesagt, fand er irreführend. Und Ruhe … zur Ruhe fand er schon damals schwer. Er hatte damit begonnen, ein Gefühl zu hegen, dass er sich für irgendetwas zu rächen hätte.

Reinhard fing bald an, abweichend abenteuerlich zu denken und dementsprechend zu handeln, um mit anderen Rädern an seinem Lebenswagen außerhalb dieser Gegend – und auch außerhalb seiner selbst – zu suchen. Er begann zaghaft, sich in der Band seines Freundes als Sänger zu versuchen, vorerst nur, wenn dieser alleine in den Proberaum ging und ihn mitnahm. Das Ding um die Band vermittelte ihm Vertrauen: Kabel und warme Verstärker rochen so staubig gut. Für einen entschiedeneren Versuch, zum Beispiel auf einem Ball, auf dem die Band spielte, eine Einlage zu wagen, hatte er noch zu viel Schwellenangst.

Inzwischen hatte Reinhard beim Studium ein Jahr ausgesetzt, er, rastlos Ratloser, hatte zu oft und zu lange den Unterricht geschwänzt. Was genau er wollte, wusste er nicht; er dachte auch noch nicht wirklich darüber nach. Seine Eltern fingen an, ihn mit Argwohn zu betrachten. Er verspürte aber keine Schuld, er erkannte keinerlei Grund dafür, sein Gewissen zu erforschen.

Was Reinhard wusste, war, dass er die Schönheit liebte. Das wurde ihm zunehmend klarer. Reinhard wurde, oder fühlte sich, zunehmend anspruchsvoll, wusste aber nicht, wie er konkret damit umzugehen hatte. Ihm fehlte noch das kulturelle Werkzeug, und ihm war nicht klar, ob seine Entscheidung für die Schönheit eine Tugend war oder bloß eine Empfindung, entsprungen aus einer Rock-&-Pop-Liveshow, die er damals zufällig besucht hatte. Er wäre sicherlich viel weniger überrascht worden, wenn die Akteure nicht so ungeahnt erfrischend nach außen freundlich, gewinnend und nett gewesen wären.

Er beschloss also, Sänger zu werden. Mehr noch, es war für ihn in diesen Tagen völlig unmöglich, etwas anderes als Perspektive zu sehen. Er glaubte, dass er sich in seinem neuen Traum, in seiner Vision unendlich viel besser fühlen würde. Offensichtlich war für ihn, dass er alles dafür tun würde, um das zu werden, was ihm nun vorschwebte.

Aber wie es versuchen, besser gesagt, es angehen? Reinhard kam zu dem Schluss, dass es besser wäre, mit seinen Eltern über seine andersgearteten Lebenswünsche zu sprechen und sie aus der Reserve zu locken. Er wusste, was an konservativen Dingen sie von sich geben würden, und hörte bereits in Gedanken ihre verärgerten Stimmen. Sie zahlten das Geld für Studium und Unterhalt und erwarteten von ihm professionelle Gegenleistung, und zwar eine sichere. Zu den Sprechstunden, soweit Reinhard sich erinnern konnte, kamen sie nie oder kaum, und so dachte er, er würde ihnen nichts schulden, falls er einen anderen Weg gehen würde. Er würde – so stellte er es sich vor – auf jeden Fall erfolgreich werden und sie würden in Folge das volle Recht erhalten, auf ihn stolz zu sein. Tatsache war, dass bei Träumen und Visionen niemand recht hatte; niemand schuldete jemandem etwas.

Und so beschützte er in sich deren Wunsch, dass er eine Sache – vorerst – fertigbringen sollte. Auch wenn er sie als ihm nicht dienlich empfand. Er konnte von der Sache Maschinenbau nichts erwarten, weil das Maschinenbaustudium ihm auf der emotiven Ebene nichts gab. Wenn er sich als Ingenieur vorstellte, sah er einen verbitterten Menschen, der seine Lebenswünsche einer öden Verpflichtung nachgehend skrupellos verlassen hatte, und es war ihm, als schriebe er schon gleich am Beginn seines Erwachsenenlebens an seinem eigenen geistig-seelischen Todesurteil mitsamt erbärmlichem Testament. Gleichzeitig fragte er sich, woher und mit welchem Recht dieser Drang nach Umwälzung rührte. Er wusste es nicht, fand keine Antwort, er fühlte sich sogar manchmal wie ein Übergeschnappter.

Ein Bild der eleganten Gelehrsamkeit schmückte Reinhards weiteres Lernen und Tun. Jede Haarsträhne begann er – so war nun mal die Mode der Langhaarfrisuren – behutsam zu pflegen und zu legen, als wäre sie aus Goldfäden. Sie hing ihm ins blasse Gesicht, überhaupt schaute er sehr ungesund aus. Er war extrem mager, dünn wie ein Stängel des blühenden Salbeis, was noch augenscheinlicher wurde durch seine steife Haltung und die Elefantenhosen, die eng um die Oberschenkel lagen. Sein Hausarzt, den Reinhard schon seit der Kindheit kannte, konnte keine Krankheit feststellen, teilte ihm aber erstaunt mit, dass er von seinem Kinderrheuma mit Herzfehler durchs Eintauchen in die Pubertät völlig geheilt war.

Leider hatte der gute feine Doktor keine Tochter, in die Reinhard sich verlieben könne, sagte er ihm, denn er konnte Reinhard gut leiden. In den ausufernden Ordinationsgesprächen sah der Doktor ihn bereits öffentlich philosophierend auftreten. Er schrieb ihm passende Lektüreempfehlungen auf und ermunterte ihn zu malen, nachdem er ein paar Zeichnungen von ihm gesehen hatte.

In den nächsten zweieinhalb Jahren passierte gar nichts Aufregendes in Reinhards Leben, er führte sein Studium fort und wuchs heran. Reinhard, nicht mehr Kind und schon junger, auch plötzlich gesunder Mann hatte sich aber mit argen Minderwertigkeitskomplexen herumzuschlagen. Sein Vater hatte es in keinerlei Weise vermocht, ihm wenigstens einen männlichen, intensiven Ausdruck zu vererben.

Immer mehr sehnte sich Reinhard nach Liebe. Ein kleines Feuer sprang ihn – bereits, ja manchmal – an, erlosch aber stets schnell wieder, wurde erstickt. Auch weil er partout nichts von einem Reiter und Ritter hatte. Schwer war es, während der sexuellen Befreiung damals plausibel zu begründen, dass ihm Treue und Loyalität in der Liebe wichtig waren. Sein schottisches Schwert in der Hose war auch noch nur äußerst zaghaft zum Stechen bereit. Andere bekamen Anerkennung und Beachtung von den Freunden beim ruhmreichen Prahlen mit den Mädchen, während Reinhard nur dastand und dreinschaute, als trüge er einen vergifteten Dolch.

Bei den Partys fragte er sich, warum er nicht anders konnte und so furchtbar aufgeregt war, obwohl (oder weil?) er gerade von Mädchenaugen gesehen worden war. Ein kurzer intensiver Blick und ihm donnerte prompt der Lähmblitz ins Gemüt.

Trotzdem schmiss er nicht gleich vor lauter Frust jede sinnliche Absicht gegen die Wand, konzentrierte sich aber zunächst auf die zu erledigenden Aufgaben, zum Beispiel, das Diplom zu erreichen. Er öffnete kaum seinen Mund und machte, mit verschwitzten Handflächen, auf dem unschöneren Weg das, was bis zu seiner Volljährigkeit mit einundzwanzig Jahren anstand: Metalldrehbankstunden, technisches Zeichnen, Metall- und Materialkunde, Hochöfensachen und so weiter, alles, was zum Berufsbild Ingenieur in *Mechanical engineering* dazugehörte.

Zwischendurch ließ er es zu, dass sich ein Lächeln über seinem Gesicht ausbreitete und seine Augen leuchteten, wenn er weiterhin Griffe und Passagen auf der Gitarre übte, dazu Dylan, Baez, die Songs der Byrds und so weiter nachsang. Er ließ seinen Traum still in sich weiterwachsen.

Doch (ah, die Hormone) die stressgeladene Sehnsucht nach einem warmen Kuss wurde nicht kleiner. Je mehr er sein Verlangen unterdrückte, umso lauter war der Schrei der Frühlingssonne, ja, er war hin und wieder der

Verzweiflung nahe, dass sich die Tür zu den Küssen so was von schwertat, sich zu öffnen.

Liebes-Borderline-Theater – davon konnte Reinhard, der Liebesdepp, nicht genug haben. Sein Leiden da und auch das andere Lebensleiden wären für eine Diagnose niemals ernstzunehmend gut gewesen; denn bis zur Persönlichkeitsstörung reichten seine pseudodramatischen Verhaltenserscheinungen nicht. Aber er erinnerte sich, dass seine Mutter (weil er ihr zu phantasmagorisch lebendig schien) *sich* hin und wieder für ihn ein Beruhigungsmittel verschreiben ließ. In den Fünfzigerjahren, da ging man so leicht mit diesen Sachen um. Symptomatisch. Für *psycholabil* oder *theatralisch persönlichkeitsgestört* reichte es ebenfalls nicht. Ein wenig seltsam, vor allem im Gemüt, waren etwas später in den Sechzigern beinahe alle, zumindest sehr viele.

Frauen blieben eine sehr anstrengende Angelegenheit. Und so beschloss er, sich eine effizientere Regie zurechtlegen; sich in allem eine verführerische Erscheinung zurechtbasteln. Ein Machomännerverhalten war jedoch nicht angepeiltes Ding und ohnehin außer Reichweite. Er war unaufhörlich am Überlegen, wie er der ganzen Sache seines Seins und auch seiner körperlichen Erscheinung etwas an erhöhter Attraktivität verpassen könnte. Er wollte gefallen. Er würde also weiterhin fleißig sein, damit er danach, nachdem das Soll erfüllt wäre, das tun konnte, was in seinen Augen Freude bedeutete. Wenn er nur wüsste, wie.

Reinhard entdeckte sein Talent im Handwerklichen, zumindest etwas. Seine Geschicklichkeit machte ihn schnell zu einem Vorzeigestudenten – aber nur hinsichtlich seiner präzisen Drehbankarbeit. Andere gründliche

Kenntnisse, die ihn zum perfekten Ingenieur gemacht hätten, erwarb er nicht. Es blieb summa summarum beim Mittelmaß, aber er kam weiter durchs Studium. Mehr wollte er auch nicht. An einen Versuch, die Uhr zurückzudrehen, dachte Reinhard, jung, wie er war, damals nicht.

Sehnlichst wünschte er sich andere Zeiten und Dinge herbei. Er gab sich in diesem Labyrinth, das sein noch unreifes Leben war, selbst die Hand und machte auf möglichst leichtem Fuß weiter. In dem Tunnel, den er zu gehen hatte, nicht nach rechts und links blickend, den leichten Ansatz von etwas Traurigkeit versteckend: Arbeitsplatz, Tätigkeit, Arbeitsvertrag, Beschäftigung fühlten sich wie Restaurants an, in die er nicht einkehren wollte. Wovon fühlte Reinhard sich – Herrgott noch mal – betroffen?

Es war ihm auch egal, dass er zu seiner sozialen Sicherheit hätte beitragen müssen. Er erwartete sich diesbezüglich einfach nichts. Er blieb Teilzeitstudent mit der fixen Idee, Rockstar zu werden. Aus reiner Existenzangst wollte er jedenfalls keine Arbeitsgelegenheiten akzeptieren. Bei der ersten Gelegenheit würde er die stimmige Chance ergreifen.

Also ging er nun emsig-passioniert in den Proberaum und spät nach Hause. Und tatsächlich sollte sich bald die Möglichkeit ergeben, dass er, als Zwischeneinlage, erste Auftritte bekommen würde. Und er würde diese ernst nehmen, denn Reinhard stand vor dem erlösenden Abitur, nach dem er endlich – endlich! – die Gesamtheit seiner Entscheidungen selbst würde treffen können.

Sturm und Drang und Orientierungssuche

Reinhard hatte, wie gesagt, nicht eben eine hässliche Fratze und er hatte außerdem eine recht schöne röhrende Stimme. Obwohl er kaum ins Publikum zu schauen pflegte, hatte er es geschafft. Er war nun Sänger, und zwar gleich einiger Pop-&-Rock-Bands seiner Region. Doch bis auf zahlreiche Auftritte bei verschiedensten Veranstaltungen und einen Pokal, den er bei einem Studentenfestival gewann, sollte es auch dabei bleiben. Er hatte es ernst genommen, aber es sollte nicht für mehr reichen. Allerdings half ihm die Bühne zumindest dabei, seine pubertären und spätpubertären Komplexe zu überwinden oder zumindest zu kaschieren.

Reinhard wurde ein paar Jahre lang Sprachlehrer. Die Erfahrung war auf jeden Fall und vor allem für die Mittelschüler, die er unterrichtete, eine schöne. Er hatte nicht nur Beat-langes Haar, sondern in der Tat ein Talent zum Lehrer mit experimentell-alternativen Methoden. Und trotzdem träumte er weiter seinen Traum, die Zukunft war in seiner Vorstellung damals bevölkert mit Metronomen, die den Takt für sein Glück hätten schlagen sollen.

Raffinessen und Harmonien – oder harmonische Raffinessen – waren, um Bombenleger und Panikmacher zu besänftigen, noch nicht dabei. Und von solchen allgemeinen sozialen und politischen Friedhofsstimmungskatastrophen, wie Poliklinikpolitik, Sanatoriumswirtschaft oder Machtfettleibigkeit, hatte man noch absolut keine Ahnung.

Versucher in der Wüste gab es nur in der Sonntagspredigt. Es gab erst einige kleine Finanzkapitalismusinitiationen und -initiativen, noch keine Schulsozialarbeiter oder Projektleiter im Ökosozialbereich. Nähe und Abstand hatten für Reinhard mit emotionaler Beteiligung zu tun. Nicht bereits mit Flucht und Waffenarsenalen.

Er übte eine möglichst nicht in die Irre führende Beziehung zum Sein und zur Notwendigkeit von Poesie und Kunst ... und Magie im Leben. Was aber hätte er bis dato lernen sollen? Sich immer wieder Sorgen zu machen um die Zukunft? Prinzipiell dachte er – Verantwortung hin, Verantwortung her –, dass er sich alles verdienen würde, was das Schicksal für ihn – natürlich Positives – bereithielte.

Reinhard befand sich im zweiundzwanzigsten Lebensjahr. Um wichtige Einflüsse zu finden, begann er größere Reisen, zum Beispiel nach Holland, zu unternehmen – und hatte, als er das erste Mal in der größeren Welt draußen war, der Muse der Kreativität hinterherrannte, nach diesem ersten Ausbruch in die bewusste Selbstständigkeit weder Holland noch den unsteten Fluss der Gefühle verstanden. Dadurch diesen auch noch nicht gelernt im Zaum zu halten. Kaum zu sagen, ob diese frühen Einflüsse ein oder der Auslöser waren, dass Reinhard jedenfalls (Allgemeinbezeichnung) Künstler werden würde.

Welcher Weg aber würde ihn dorthin führen? Aufmüpfige Kunstszenen und moderne Manipulationsfähigkeiten mochte er nicht. Richtige Kunstaffären hatte er noch keine. Er war auch nicht in Wien geboren, sondern in den Bergen. Haustore zur Oper, zu Studiobühnen und zu feinen Galerien waren ihm noch unbekannt. Wie man Bekanntschaften machte, musste er erst lernen.

Reinhard wollte Verantwortung übernehmen. Welches Tun, welche Arbeit hätte für ihn Sinn gemacht? Welche Möglichkeiten der Handlungen auf dem Podest der Prioritäten beziehungsweise Dringlichkeiten? Wieder kam er zu seinem Thema, wollte es aber weiter fassen.

Ein scheinbar leichterer Weg war für Reinhard zunächst das Meditieren über die Fundamente des Kleingläubigen und die des, wenn auch kälteren, universellgrößeren Komplexeren. Aber kein Begriff des Großen gab ihm ausreichenden Halt, um Botschaften zur Verantwortung zu formulieren. Lauter oder leiser.

Und alles stand versteckt in den Tiefen der Lebensfalten, auch der Unsinn als solcher und somit auch das Wiesenrunterlaufen diskutierend. Oder die tiefere erdhimmelverbundene Suche (Wolken kommen und gehen) des höheren Niveaus des Geistes. Und doch: Nur Berge wissen. Berge sind absurd, auch wenn sie den Horizont erfrischend uneitel zum Zurückrufen bringen, anstatt dass der Horizont am Horizont weiter nach hinten verschwindet.

Alles also in keine Verantwortung gedrängt und getaucht? Alles ist immer verschieden(st)e Sachen zugleich.

Gute, richtige Entscheidungen treffen also. Für einen guten Auftritt oder für einen guten Anfang. Immer. In der Zeit der etwas späteren Jugend, somit des frühen Stadiums des Erwachsenseins, kam für Reinhard unweigerlich der Moment, an dem die Existenz plötzlich und unaufhaltsam drängte, eine ernste Sache zu werden. Es wurde ihm klar, dass Impulse und Filme Form annehmen mussten. In dieses Gefühl eingetaucht, hielt er von Heiligen und Huren kaum mehr etwas.

Er beschloss, dass es mitunter eine Lösung sein könnte, sich zunächst hinter einem Schatten, einer vollständigen Abdeckung – einem Sonnenschutz gar – zu verstecken. Er, der mit so vielen Talenten, mit der Feder, dem Korrekturstift und dem Pinsel, der gerne ge- und erleuchtet hätte, beschenkt zu sein sich wähnte. Antiallergisch in der Wirkung aber alles noch, allerdings. Und duftlos oft.

Reinhards innigste Neigung war es jedoch von Anbeginn, die Äpfel vom Zweig zu schütteln, überzeugt davon, sein bevorstehendes Leben überraschend und deutungsvoll gestalten zu können – um die Zukunft also nicht bangen zu müssen.

Unbeabsichtigt entdeckte er andere Vorstellungen, die erforderten, das Lernen anders zu planen. Er war also absichtsvoll, aber in gewissem Sinne noch absichtslos – mit geschlossenem Mund im Alltag, weil er immer noch nicht allzu viel zu sagen hatte.

Im Spiegel am Becken voll mit Morgentoilettenwasser sich geheime Kurse auf dem Lebensmeer ausdenkend, schaute Reinhard sich – der Schiedsrichter in ihm immer bereit abzupfeifen – mit Verwunderung an, weil er eine revolutionäre Reihenfolge an eintretenden Ereignissen, wirre schon, aber auch mutige in den auslösenden Entscheidungen vorausahnte. Schlüsselerlebnisse diese?

„Die Wege des Herrn sind unergründlich. Er würde den Seinen die richtigen im Schlaf zeigen." Diese Sätze hatte Reinhard gerade noch in den Seelenohren. Die Bereitschaft, an so etwas zu glauben, sich dieser scheinbar automatischen Lösung hinzugeben, war immer noch groß. Seine Straße war bis hierher mit keinerlei genauen Vorstellungen bevölkert. Er musste also weiter … Es zog ihn fort, ein noch nicht definierbares Locken und Rufen.

Es lockten ihn Siegertreppchen. Umlaufbahnen lockten in dieser Zeit noch nicht. Er wollte als Newcomer besser sein als erwartet. Mittelmäßig angenehme Dinge reichten manchmal nicht und er wollte eine Goldmedaillenexistenz.

Reinhard peilte einen Vertrag bei einer Plattenfirma an – und zwar in München. Er nahm in einem Hochhaus im Stadtteil Giesing vorerst eine Tätigkeit als Fernsprechanlagenplaner bei einer mächtigen Elektrofirma an.

Wolfgang Amadeus Mozart hatte Musik von Weltrang komponiert, Reinhard schaffte es bis zum Vorsingen bei Ariola und bei einigen anderen Plattenfirmen. Er erntete bei seinen Bemühungen im geblümten Hemd aber immer wieder nur: „Stimme schön, Sie hören dann von uns, wir schreiben Ihnen demnächst eine Antwort!"

Ein recht glitschiger Musikagent, der bestimmen wollte, was und wie Reinhard singen und wie er dabei ausschauen sollte, und ihm eine dazu passende Band vermittelte, bot ihm an einem Abend dann tatsächlich einen Vertrag an. Die Rolling Stones berieselten gerade mit ihrem Song *19th Nervous Breakdown* die ganze Welt, und Reinhard baute seine Enttäuschung in einen Nervenzusammenbruch ein, bekam eine Weile Krankenstand und immerhin auch Krankengeld. Er erkannte, wie traurig es sich anfühlte, in einem Rennen Vierter zu werden, und verließ München wieder. So schnell kann es manchmal gehen. Egal wie groß der Traum einmal gewesen war.

Reinhard stürzte sich nun ins Lesen. Ja, er hatte jetzt Zeit dafür. Und er hatte ganz große Lust. Wollte er sich auf diese Weise wieder sammeln? Er las Handke, Hesse und dessen *Steppenwolf*. Er übte sich mit derart großer Hingabe in einer Sprache, tauchte in diese vollends ein: das Deutsche, so schwierig und so herrlich geschrieben, eine Sprache, die bis dato auf solch einem Niveau nicht die seine gewesen war. Er teilte sich zwar im breiten deutschen Dialekt der hochgelegenen Täler und Berggegenden mit und konnte seine Sachen auch auf Hochdeutsch recht passabel anbringen, aber er hatte, vom Abiturzug her, noch frisch und nachhaltig Dante Alighieri und Alessandro Manzoni in den Ohren.

Eine ganze (neue) Welt tat sich für Reinhard auf. Und herrlich, dieser Moment des Lebens, à la „Fermati, attimo, sei bello!" (im *Faust*!). Kulturbezogen fühlte sich für ihn schier alles ab diesem Zeitpunkt anders an. Muse und Drang zum Schreiben hatte er nicht, obwohl er Gefühl für Rhythmus und Musikalität mitbrachte und aufgrund seiner Songtexte schon hie und da zu hören bekam: „Warum schreiben Sie eigentlich nicht?"

„Nichts in mir ist Müll (!), alles ist langweiliges oder spannendes Sein, alles ist Werden! Keiner hätte zu urteilen, hätte von mir (!) etwas in den Müll zu befördern – von meiner Art zu sein, meinen Namen oder sonst was." Reinhard wollte ein Ziel haben, wollte sich trimmen, getrimmt sein, sich schlüssig. „Es gibt ernsthaftere Probleme", war damals auch seine Devise.

Ein kritisch Hinterfragender, ja ein Nörgelnder war er vielleicht, aber er war nicht grundsätzlich der Negativität verschrieben. Gedankenschwere und kummervolle Hingabe waren ihm durch die Grundstimmung in der Familie und somit die Erziehung auferlegt.

Die Suche nach der ewigen Sonntagswelt – das Schulen seines Geistes, ihm einen Schlüssel für ein gutes Zuhause gebend –, das Einsammeln der mit seelischen Abführmitteln dann doch vielleicht zu erreichenden Erleuchtung – dies waren Themen und Drang, die im Inneren sowie in den darauffolgenden Korrespondenzen Reinhards Leben in anregender Vielfalt thematisierten: Non troverò mai il modo di farmi una vita comoda e leggera – ich werde nie die Art finden, mir ein bequemes und leichtes Leben zu gestalten (nach Hermann Hesse).

Reinhard stellte sich damals vor, dass er ab genau diesem Moment ein Leben führen könnte, bei dem er nie einen Zug verpassen würde. Hoch oben auf dem Berg, Unmut verursachend, träumte er aber immer von einem Ort am Meer. Das Scheitern an etwas stur Vorgegebenem war bei ihm vorprogrammiert.

Was zu tun war er aber jetzt, nach der Erfahrung in München, felsenfest entschlossen? Blickwinkel in Hochglanz hatte er keine zum Greifen nah. Gattin hatte er natürlich ebenfalls keine. Aber der Vater seiner damaligen Kumpanin (ach, die erste Freundin!) hatte ein führendes Architekturbüro. Reinhard als maturierter Techniker – somit als technischer Zeichner im Metier Häuserplanen und -zeichnen – fragte dort an und bekam Arbeit. Eigentlich nur, um Geld zu verdienen. Er fand aber sofort einiges an Respekt dafür. Und er sah ein, dass nicht das Leben auf ihn zuging, sondern es andersrum zu geschehen hatte.

Leben und Bemühungen wären aber nicht von Wert gewesen, wenn Reinhard es nicht geschafft hätte, seine

Niveaugrenze nach oben zu verschieben. Und es konnte ihm beim Die-richtigen-Leute-Erkennen-und-Finden auch nicht um dichterische Freiheit gehen. Durch die neue Tätigkeit kamen zwangsläufig Menschen aus dem örtlichen Turbokapitalismus an ihn heran.

Reinhard ging auf die Leute zu, die aber im Sozialleben insofern gestört waren, als ihre Seelen zerteilt und zerstückelt im Nachkriegsschmerz waren, in Blut-und-Tränen-Wannen wegen der vor nicht allzu langer Zeit zu Ende gegangenen schwarzen Kriegszeiten und der Auswanderungsnachwehen, eingetrichtert in ihrer vergorenen Kindheit. Auf jeden Fall war es ein schweres Vorhaben für Reinhard, mit seinem anders klingenden Familiennamen in der Gegend die für ihn richtigen Leute zu finden.

Welche Wahlmöglichkeiten boten sich ihm? Zu viele Menschen, die er um sich hatte, im Kaffeehaus, im Büro, im Bus, im Laden um die Ecke, gaben sich – wie soll man sagen? – wie Seelenanalphabeten. Er musste aus beruflichen Gründen aber unter diesen verweilen, mit dem Gebot, normal zu erscheinen, den Job gut zu machen – und auch über Frauen zu reden, darüber, wie diese zu erobern seien, und über Sport und Autos zu streiten.

Die Frage, die in ihm immer häufiger hochstieg, war, warum man Blockaden durch menschliche Filter nicht in den Geistesmüll befördern konnte, den bereits übervollen? War so was ein Problem?

Doch er machte das Beste daraus, entzog sich dieser Welt wieder, um doch in ihr zu bleiben – er zog ein Studium der Architektur in Betracht und kaufte sich ein Ticket nach Venedig.

Venezia

Welch eine Stadt der Wunder! Denn da standen die Calli, die engen Gassen, und die mehr oder weniger breiten Canali, die Wasserstraßen, oftmals im melancholischen Nebel oder andersrum, beinahe für einen und jetzt auch für Reinhard ganz alleine da. Und die Magie steigerte sich ins Unbeschreibbare, als es im Winter, kaum vorstellbar, schneite.

Reinhard erlebte das zwei Jahre lang. Die Ausbildung versprach eine auf hohem Niveau gute zu sein, es waren allerdings die Jahre der Roten, also der linken Gesinnungsproteste, in denen die Studenten negative Phrasen und Benotungen vermieden, indem sie zum Kolloquium oder zur Prüfung in geschlossenen Gruppen antraten und eine gruppengemeinsame Beurteilung verlangten. Eine politische Benotung sozusagen.

Es gab kein „Ich bin ein Verlierer!" oder „Alles geht schief!" eines Einzelnen mehr, alle waren sie vorne dabei. Professoren und Assistenten hielten Vorträge, alles war einfache Übung und nichts ein Problem. Diese Lösung war für Reinhard frustrierend.

In depressiv-melancholischen Stunden (in den Wintersemestern war Venedig schwer zu ertragen) sah er sich einen Traghetto, einen dieser Busse auf dem Wasser, erwischen. Durch die Metallstäbe der Einstiegsabsperrungen sich verrenkt durchwindend, in diesen schlüpfend, um von Endstation zu Endstation und wieder zurück zu fahren, mit der Vorstellung, Thomas Mann zu sein, der eine Taube auf ihrer letzten Reise begleitet, verschwindend in die an diesem einen Tag nebelige Unendlichkeit des Wassers Edens.

Der Stolz des Raubtiers Löwenstadt faszinierte ihn, wegen des glänzenden Allem und der Glocke des San-Marco-Turms. Die Geister des früheren Handelsimperiums alle überall in den Palästen, Kirchen und Gassen. Er stellte sich den Dogenring im Wasser am Boden des Canal Grande vor und näherte sich – wo ein Schimmer von Morgendämmerung sein Gehen erhellte – einer Vorstellung seiner inneren Freiheit wie einer Wüste aus Perlen, weil er noch nicht wusste, was da draußen in der Weite verborgen lag.

Dann wieder fühlte er sich unter seinem eigenen Gewicht im Kopf erdrückt, nebelig-matschig, denn Oase aus Perlen hatte Reinhard – wieder im Wachzustand – keine. Und eine (innere) Weite schon gar nicht. Die schöne Halluzination der gedrehten Runden im Schifflein, die immer aufs Neue geschahen, war auch wieder vorbei.

In Venedig war Reinhard zunächst damit beschäftigt, die Fragen bei den Fakultätsgesprächen mit größtmöglicher Stärke zu beantworten. Mit Aussagen, die bereits zuvor schon Tausende Male gegeben worden waren, sodass sie niemanden mehr vom Hocker rissen. Wir alle haben unsere Schwächen – Reinhard, weil er sich eher schwierig verhielt, hatte viele. Um bei der Wahrheit zu bleiben, waren auch hierbei seine Absichten nicht auf einen späteren einschlägigen Job gerichtet. Ihn interessierte der Stand der Bautechnologie nicht. Wie hätte er somit Fähigkeiten erwerben sollen, um diesen Job gut ausführen zu können?

Eine Kugel, vom Markusdom so gestürzt, dass sie Reinhard zwangsläufig zu einem hastigen Rückzug gezwungen hätte, sehnte er sich nicht herbei. Weil er sich im nächsten Augenblick vorstellte, in den Händen ein Gewehr zu haben, mit dem er, auf dem Bauch im Tunnel seiner Unsicherheiten liegend, dann doch mit souveräner Sicherheit ins Schwarze treffen würde.

Und trotzdem zog er sich wieder mehr zurück, entdeckte er da in Venedig doch auch – vor allem geistige – übelriechende Gewässer. Er empfand das Leben wieder beziehungsweise nach wie vor als lau und rau. Und es gab kein Wundern über ein mutmaßlich neues Glück – und auch kein Freuen über ein Verlassen seines seelisch-geistigen Verstecks.

Reinhard drehte sich im Kreis und kroch dabei wieder rückwärts; zeigte seinen Rücken einer ideellen Wand, schlug ein paarmal die Augen auf und wieder zu und schoss mit seinem imaginären Gewehr: zweimal. Keiner der Schüsse traf ins Schwarze. Reinhard hatte auch in Venedig kein Ziel gefunden. Wohl aber trafen die Schüsse den beflügelten Löwen der Stadt an seiner linken Schwinge, und Reinhard schleuderte seine Gefühle auf den Boden, um dann den Schwung des Ansatzes, der ihn hierhergebracht hatte, zu verlangsamen.

Reinhard katapultierte es oft im Gemüt sprunghaft senkrecht in den Himmel – nur damit er dann wieder tief zurück auf den Boden fiele. Meistens war es eine Sache von Sekunden. Und die Produktivität war grundsätzlich beeinträchtigt, weil er nicht wusste, was er da genau oder eigentlich mit der Architektur wollte. Auf dem neuesten Stand bleiben? Aber durch was und wo genau?

Reinhard galt im Bekanntenkreis weder als schwacher noch als langweiliger Freund, aber als einer, der sich, da er körperlich etwas unbeholfen war, etwas schrill-dumm in seinem Eifern verhielt. Er fing an, genauer über diese Sache nachzudenken. Er wollte sich damals immer mehr zu einfacheren Aufgaben hinführen. Zum Beispiel war es ihm wichtig, sein seidendünnes Haar, das durch den Venediger fettfeuchten Nebel stets schnell nassflach zusammenfiel, anders zu kämmen. Und er lernte freundlich zu lächeln, wenn er unterwegs war.

Sein Blick wanderte in Venedig wohl eher in Richtung Spiegel als zu den architektonischen Sachen. Nun gut, er tastete sich auch hier bereits eindeutig zum Rückzug vor. Weder die alten Lehren Venedigs noch die durch das Plätschern des Wassers entspannte Freundlichkeit schafften es, ihm ein tieferes Verständnis der Existenz, ausgehend von der modernen Methodik in der Architektur, zu vermitteln – geschweige denn ihn dazu zu bringen, einen darauf bezogenen spezifischen Geist zu kultivieren. Geisteswurzeln gab es dort zur Genüge, aber ohne die Fähigkeit, effektive Projektressourcen für innovative Designvorschläge zu werden. Es war für ihn demnach auch keine stimulierende Ausbildung mehr.

Reinhard wartete noch ein bisschen mit dem Definieren dessen, was nicht zu verhindern war, nämlich dass jedes Gespräch um das Lernen und Wissen dort verstummt und somit vorbei war. Es gab nichts mehr zu präsentieren, keine Themen und Module. Diese hätten auf Konzentration bestanden. Immer drängender wusste er, dass er sich einen Gefallen tun sollte, der ihn wieder zu einem besseren Gefühl führen würde.

Außen war nichts zu merken, aber in Reinhard drinnen wuchs Schritt für Schritt ein launischer Hurrikan. Es gab kein Tanzen mehr für ihn, kein Karneval auf den Straßen. Und er wollte den Aufenthalt abschließen, denn im Banne dieser Stadt im Wasser spürte er sich plötzlich ganz und gar ertrinken.

Er begann folglich alle seine Vorstellungen, die er hier geankert hatte, zu entsorgen und feierte sich selbst als Mann und das Leben mit etwas intensiver Begeisterung – der Tatsache, dass er mit Geld zu sparen hatte, zum Trotz. Nichts mehr war darauf aus, ihn zu bedrohen, und oft schloss er seine Augen in der Bleibe neben Ca' Foscari, die er bewohnte, mit beiden Händen am Kopf sagend: „Töricht, töricht!"

Reinhard hatte alles an Unterlagen, Aufzeichnungen und aufgeschriebenen Notizen schnell entsorgt. Er wusste nur mehr, dass er sich ganz schnell für einen neuen Ort zu entscheiden hatte. Beim Verlassen des Gebäudes der Fakultät drehte er sich nicht noch einmal um. Das war jetzt alles vorbei. Und sein Mund sprach nichts Überraschendes, als er salopp ausdrückte: „Das ist gut so."

Die Nachricht von seinem Onkel aus Mailand, mit der Architektur durchzuhalten, musste sich aus Mangel an Tapferkeit seinerseits geschlagen geben. Reinhard selber schüttelte nur etwas den Kopf. Er fing an, sich zunächst einfach nur leicht zu fühlen.

Reinhard war ein Provinzler, der sich irgendwo zwischen zwei Welten, einer physischen und einer metaphysischen, befand. Angesichts der Größe einer anderen Größe sind wir aber, wie er meinte, alle provinziell.

Er machte also einen Schritt rückwärts und versuchte einen Neuanlauf im Architekturbüro. Als würde er sich in einer Warteschleife befinden, beschränkte er sich in dieser Zeit auf praktische Informationen – darauf aus, die besten Ideen zu *stehlen*, nach dem Motto: „Wie könnte man sie neu oder anders kleiden."

„Aufräumen", war darauffolgend sein himmlischer Gedanke.

Schlossbewohner

Im Personengefilde des Architekturbüros war auch ein akademischer Maler, eine Kunst schaffende Größe Österreichs und darüber hinaus. Ein Schloss in Kärnten bei Klagenfurt war sein Eigen – voller Steindruckpressen, einem Glasbrennofen zur Herstellung von Glasfenstern und einem Ofen, mit dem er Kupferplatten emaillierte. Mit diesen, zusammengefügt und montiert in einer Gesamtkomposition, gestaltete er künstlerisch große Wände und Decken in öffentlichen Gebäuden und Institutionen. Aufgrund eines gemeinen Letzter-Tag-des-Zweiten-Weltkriegs-Schicksals hatte er mit siebzehn seinen rechten Arm verloren. Fürs Hantieren an den Kurbeln der denkbar schweren Ofentüren und Ofenklappen und auch für die schwere Arbeit an den großen und übergroßen Objekten holte er sich deshalb junge Menschen aufs Schloss. Diese sammelten vor allem unvergessliche, prägende Erfahrungen aus der Mitte des Herzens und der Seele der entstehenden hohen Kunst – profitierend von der intensiv präsenten Aura und dem Genius des Meisters. Dieser war ein verschwägerter Verwandter und rief auch ihn zu sich aufs Schloss: „Reinhard, also komm."

Als Reinhard erstmals auf dem Schloss eintraf, musterte der Künstler ihn, Reinhard mochte ihm etwas dandyhaft erscheinen. Er zog die Augenbrauen hoch und zeigte Reinhard, wo sein Zimmer, besser gesagt, seine Kammer war – und es ging frühmorgens am nächsten Tag gleich an die Arbeit.

In den nächsten Wochen und Monaten erwuchs eine eigenwillige, fortwährende Beziehung. Eine brüderliche? Nein, dafür war Reinhard zu jung. Eine väterliche? Nein, das war es gewiss auch nicht. Es war etwas im Äther Besonderes.

Das Tun und auch das Leben da – in abgesteckten Etappen über drei Jahre immer wieder, immer aufs Neue – waren etwas, das ihm bis dahin völlig unbekannt gewesen war, Dinge, die sich in den vielen reichen Facetten glückstechnisch lohnten. Sie fuhren ihm so was von hinein ins Hirn und Gemüt, sie waren ein solch positiver Schock – dass alles an seinem Leben durchgerüttelt wurde.

Es war nicht wie die Erfüllung heimlicher Sehnsüchte. Er wusste bis dahin nicht einmal, dass es so etwas, also so eine Welt überhaupt gab. Durch die Kreativität und Intensität, ja, auch und vor allem alles an den Gesprächen da in der Runde am großen Tisch, beim Verweilen bei Wein und Essen unter der Laube, kam Hoffnung auf, dass ab da alles anders und glänzender und erfolgversprechender sein würde. Reinhard konnte dieses neue Leben, das auf ihn zukommen würde und einen besonderen Geruch versprühte, förmlich riechen und schmecken. So eine starke Kraft hatte das, was er da durch- und erlebte. Gleichzeitig waren die ersten kleinen Anzeichen von Panikzuständen zu spüren. Ein tiefenpsychologisches Phänomen? Konkrete Hinweise, an Spezielles zu glauben und dieses durchzuziehen und durchzuführen? Gemeinsamkeit, Gemeinschaft, Rituale, grünes Kärntner Gras und neue Ufer? Lebenstrainerwechsel, Präsenz von Perspektiven, die plötzlich und ungeahnt ihn überrumpelten?

Reinhard zeichnete, oben im Dachboden des Schlosses, das jetzt so sehr seine Seelenheimat war, in den freien Stunden sehr viel – mit den Stiften und Kohlen und den Blättern aus Büttenpapier des Meisters. Von diesem auch etwas an Formen klauend – ja, der übergroße Einfluss –, wollte er der Welt, wie sie ihm bis dahin erschien, und sich selbst mit vehementer Schilddrüsenüberfunktion zeigen, dass ihm die bis dahin gewesenen Nebendinge den Nerv töteten. Zeigen also, dass er, der Reinhard, nun Entdecker war. Dass er bereit war vorzudringen, marschierend, wenn auch noch zwangsläufig wackelig und unsicher, auf diesen seinen zu hohen Stelzen. Er wollte zeigen, dass Zerreißproben (ja, auch von den Zeichnungen zerriss er freilich viele) um diesen neuen Rhythmus und dieses Sein im Leben ihm nichts anhaben können würden.

Auch wenn die Füße (die Sache Fußfassen war da noch kein Thema) kaum den Boden berührten, wollte er sich selbst zeigen, dass in dieser neuen Art von Glück, in der er gerade schwelgte, er wie eine Raupe es schaffen würde, die Fahrbahn zu sehen, die vor seinem inneren Auge sich befand, und vorwärtszukriechen.

Wenn Reinhard sich gerade nicht auf dem Schloss aufhielt, gab es mit dem Meister regen Briefverkehr, offen, fransenlos, authentisch unverblümt, aber herrlich nüchtern poetisch.

Wie

Reich

Das

Alles

War.

Psychologistische Irrwege

Reinhard fühlte sich wie in einem Traum, der ihn zunächst ordentlich verwirrte. Und doch träumte er das alles sehr gerne. Mit weit offenen Augen. Und wegen dieser Träume, die ihm auch Angst einflößten, und um eine bessere Kurve, die mutmaßlich richtige, einzuschlagen – vielleicht auch Erklärungsmodelle und Antworten suchend –, befand er sich im Handumdrehen bereits in der Anmeldeschalterschlange an der Fakultät für Psychologie in Innsbruck, um dort zu inskribieren.

In seinem Leben war er ja oft Schauspieler auf der Weltbühne mit nicht unbedingt den richtigen beziehungsweise mit fundiert überlegten Spielzügen gewesen. Aaahh, der Verstand. Die Prognose, die bei ihm vielleicht ins Schwarze traf, war, dass er *simpel* war, obwohl er mit Stolz träumte.

Seine tiefschürfenden Überlegungen wurden vom mürrischen Taxifahrer verdrängt: „Wo wollen Sie hin?" Reinhard musste hoch nach Vill, wo ihm von einer betuchten Dame eine ebenerdige Wohnung ihres Sommerhauses zur Verfügung gestellt wurde, weil sie durch dieses lockere Mietverhältnis das Haus rundum bewacht wissen wollte.

Warum er sich für das Studium der (experimentellen) Psychologie entschieden hatte? Damit ihm Aspekte seiner Unfähigkeit, seine Erregungen zu leben, auf tiefenpsychologischem Wege erklärt würden?

C. G. Jung wurde ja damals ganz großgeschrieben. Reinhard traf somit beinahe gerne, beinahe überzeugt, na gut, die Entscheidung, sich zum Jungianer ausbilden zu lassen – das waren die, die mit den Träumen *anders* umgehen, anders damit arbeiten konnten. Sigmund Freuds Traumdeutung sei, so fand man damals, speziell da, wo Reinhard nun war, einzubetten in die sexuell frustrierte Zeit des ausgehenden 19. Jahrhunderts, unter der Freud selbst gelitten hätte.

Innsbruck war damals ansonsten gemütlich, es war kaum etwas los dort. Sobald das Tageslicht ausging, waren alle Aktivitäten, oder Möglichkeiten für Aktivitäten, auf ein äußerstes Minimum reduziert. Grundsätzlich musste man Partys zu Hause organisieren. Goldberg-Variationen waren dort – zumindest zu der Zeit – nicht die Regel. Und Reinhard war auch nicht dort, um Ausflüge auf die umliegenden Berge zu unternehmen, denn er war weder ambitionierter Schussskifahrer noch Bergsteiger im Schuss – obwohl oder gerade weil selbst vom Berg gekommen.

Reinhard hatte einmal in den ersten Tagen dort nachts geträumt, dass eine Dame, die hinter ihm in der Aula Magna saß, entweder ein zu eng geschnürtes Korsett oder den Zorn über die Schwiegermutter mit sich herumtrug, weil sie derart misstrauisch verkrampft war, dass man ihr das Gefühl „Überallhin, Entfernung egal, nur weg von hier!" gut anmerkte. Maßlose Übertreibungen, Traumassoziationen? Ineinandergekeilte? Wie dortzulande, von wo er kam, so ziemlich alles? Überall Einkaufswägen mit Sicherheitsgurten? So schob aber diese Frau in seinem Traum, die wohl (wer kennt diese Abmachung nicht?) seine Anima darstellte, in ihrem Einkaufswagen tiefgefrorene Lasagne mit sich herum (was hatte das wohl mit seinen Gefühlen zu tun?) und ging sichtlich angemotzt am Waschmittelregal vorbei. Aus der Schultertasche ließ sich, seltsamer Anblick bei dieser Stimmung, ein Poesiealbum erkennen.

Die Frau fixierte ihn: „Es gibt Leute, die haben ein Buch. Ja!"

Er ertappte sich dabei, im Traum zu fragen: „Schauen Frauen öfters so verwirrt?"

Diese tat es. Und sie sah ihn weiterhin direkt an und sagte: „Wieso sagst du das?" Und: „Was in den Büchern steht, ist nicht das Paradies auf Erden, manche schaffen es aber, dieses gut zu beschreiben!"

Jetzt stand Reinhard da, mit einer Botschaft, mit der er nichts anzufangen wusste. Hätte er nun auch eine aktuelle Version der Bibel kaufen sollen? Um darin über das Heil seiner Seele oder Psyche zu lesen? Was jetzt?

Wirkliche Antworten auf unsere Lebensfragen lassen sich nicht mit tiefem Sinn erfüllt in Schriften nachschlagen. Sinn und erfüllt, kann man grübeln, was sind das für Zweckbündnisse? Kraft des positiven Denkens? Kraft der Einbildungen und Angst des Fehlermachens? Ach, die Träume: Auch Kaninchen, Katzen und Hunde träumen. Träume sind seit Ewigkeit ein Thema, aber es gibt Interpretationsratgeber in großen Mengen auf dem Markt, und keiner wird je ein Bestseller.

Reinhard träumte also … und träumte auch vom zukünftigen Leben. Träume sind fürwahr die Sprache des Unbewussten und beugen sich keiner Entscheidung. Wie kann man somit eine Lebensmottotraumentscheidung zur Verwirklichung bringen? Emanzipationsbewegung des Geistes? Live your dream, don't dream your life?

Es ist nicht wesentlich, ob Theologen irgendwann bereit sein werden zu konstatieren, dass Träume empirisch von der Seele mehr wissen als ihre katechetische Substanz. Es macht diesbezüglich auch recht wenig Sinn, in dieser Sache bei Ivan Illich nachzuschlagen.

Beim Träumen fühlt man dissoziiert oder, je nach Sichtweise, stark assoziiert im Emotionalen die Tätigkeiten, mit denen man seine Zeit verbringt, Sekunden, Minuten, Tage, Jahre. Die täuschen aber über die Frage niemals hinweg: „Was tue ich hier auf dieser Welt eigentlich?"

Reinhard hatte wahrscheinlich Angst vor allem. In Innsbruck war er im Grunde, um seiner Lebensführung eine spezifische Form zu geben. Sein Hiersein war eine Vorsichtsmaßnahme, mit der er innerlich – wieder – nicht so richtig ganz im Einklang stand. Da er der Einzige war, der sich um ihn kümmerte, ging ihm auch etwas der Atem aus. Keine wirksamen Gedanken gab es da, die ihm hätten helfen können, aus seinen bisherigen Erfahrungen taugliche Werkzeuge zu machen, um damit kostbare Ideen zu schmieden.

Aber er wurde in dieser Zeit für vieles sensibler. Auch wenn es niemandem auffiel, bot dies gute Gründe, dass er einen gewissen Fleiß entwickelte, welchen er auch begrüßte. Unruhe und Benommenheit wollten sich manchmal legen.

Studienkollegen betrachteten ihn nicht, wie er – in seltsamen Gemütsmomenten – meinte, als einen Clown, der basierend auf seiner persönlichen Erfahrung, sein Kopf etwas seitlich geneigt, durch psychologische Arbeit etwas zu festigen versuchte. Reinhard, der seit frühester Kindheit schwankte. Es wäre schwer gewesen, Trostspender in diesem einschlägigen Studium zu finden. Mit den in den Vorlesungen vorgetragenen beruhigenden Worten gelang es ihm aber ein wenig, die gewaltgeladene

Kommunikation in seiner Erziehung in die weitferne Vergangenheit abzuschieben. Er beruhigte dadurch etwas die unerklärliche Furcht vor allem und stellte sich auch wieder eine Auferstehung vor, wo er nur mehr Dinge mit intensiven guten Düften erfahren würde.

Reinhard las und schmeckte, begann mit rollenden Augen neue Dinge und Begriffe aufzunehmen und sah sich selbst an; und er begann, etwas zu lächeln. Und begann wieder, seine Zähne zu spüren, die kauen sollten, was er da lernte beziehungsweise zu studieren sich vorgenommen hatte. Um es dann zu schlucken. Womöglich dann auch mit Begeisterung. Schweißperlen auf der Stirn entstanden dabei keine.

Reinhards Studiengefährten hatten Geschmack; manche aber waren stetig eifrig, ständig am Rufen: „Beeil dich, iss iss iss!" Und er biss; bis tief in sein Herz, in seine Seele hinein, tat infolgedessen aber keine größeren Sprünge. Bücher der Psychologie durchblättern. Stücke von Essays über diese Materie verinnerlichen. Nagen ein wenig und finden. Und finden auch etwas an Sand. Die Nase dabei auch ein wenig gerümpft, suchte Reinhard, seine ureigene Ignoranz wegsteckend, für sich ganz in erster Person Informationen im feinen Stoff darüber, wie er zum gebildeten Mann von höchster Raffinesse heranreifen könnte. Er nahm sich vor, die seltsamen, fremdbestimmten, also unnatürlichen Dinge aus seinem inneren Haus herauszuschneiden. Mit diesem Tun sich selbst bestätigen wollend, dass er bereits natürlich genug war. Zum Narren wollte er sich selbst nicht mehr machen.

Diese Tatsache ließ Reinhard zunächst tief einatmen.

Weil in dieser Zeit dann in Innsbruck immer wieder im Auf und Ab alles still wurde. Sodass er mit leicht geneigtem Kopf nur zuhörte. Der Welt zuhörte. Und diese fragte: „Ist eigentlich jemand hier? Jemand, der mich durch die Reflexionen, die mir für meine Antworten brauchbar sein könnten, führt?"

Brauchbar wie Fensterläden. Da waren Fensterläden über Fensterläden, im Unigebäude allerdings in großen Mengen; und er schaffte es immer noch nicht, richtig durchzublicken. Er sah Antlitze, kantige mit eingefallenen Wangen, die Professoren waren. Die von Schicksalen sprachen, während sie selbst blass waren. Vieles war, in der Zeit, unnötiger Staub. Und diesen wahrzunehmen, also zu sehen, oft durch die nach unten rinnenden Regentropfen auf den Scheiben der Fenster, wohin der Föhn sie blies.

Monoton waren die Uhren in den Gängen. Und Reinhard war nur ein zufälliger Besucher. Ein recht ungeeigneter. Worauf wartete er in Innsbruck auf dieser Uni? Aufs Reparieren? Er runzelte die Stirn. Und dachte, mit tiefen Grübchen auf den Wangen, er hätte auch zu Hause bleiben können.

Reinhard fühlte sich erneut gelangweilt; das Beste wäre es aber nicht gewesen, so schnell wie nur möglich wieder von dort zu verschwinden. Er mochte wirklich sehen, gar verstehen, wenn auch grimmig, was ihn schmollend genötigt hatte, dem zuzustimmen, was ihn im Leben bis dahin verärgert hatte.

Manchmal kann das Leben ein Bastard sein, im Morgenrock aus Seide, der sich, auf dem Balkon eine Zigarette schmauchend, eingesteht, dass eigentlich alles recht schrill geraten sei – und Reinhard hatte erst nur ein paar Schritte in Richtung Antworten getan.

Er schnappte schnell die Tür und sperrte sie hinter sich zu, bevor ihm schräge Antworten hätten gegeben werden können. So lächelte das Leben, klatschte die Zigarette fort und spürte den Regen ... kümmerte sich dann kurz um ihn. Dicke Tropfen, es gab ein Gewitter, applaudierten auf dem Trottoir.

Reinhard hoffte also auf einen Retter, der ihm zeigen würde, wie er es schaffen könnte, sich vor den gestellten Fallen zu hüten; er hatte eine große Furcht davor entwickelt.

„Oh, der", sagte das Leben ein wenig missbilligend.

So war Reinhard also noch weit zurück. Aber er war bereit loszugehen.

„Ja, das ist der Job des Menschseins", dachte er sich. Wie im Film ist es nicht, da bekommt man sie zugeteilt, seine Rolle. Mit Melodien und Klängen wollte er sich vorstellen, dass er seine noch finden musste. Und auf wirklich erstaunliche Weise.

Es dauerte nicht mehr lange und Reinhard machte sich einen Namen: Er holte sich – mit aufwendigem Verfahren und per Dekret des Staatsoberhauptes – den doppelten Nachnamen zurück.

Sein Einsatz in den höheren Bergtälern damals war völlig danebengegangen – und jetzt war er da in der Unistadt, nicht beschlagnahmt, zögernd aber noch zu gehorchen, da er die Natur der Abwehr nach all den Regeln glaubte spielen zu müssen. Darin zögerte er nicht.

Also fing er an zu denken: Neues Spiel mit neuen Regeln? Neue Chancen? Grüne Täler, fruchtbarere Seelenorte? Zuflucht? Würde er es jetzt finden, hier finden? Er sah zunächst zu.

Auf die Felsen, um auf diesen herumzuschleichen, wollte er partout nicht mehr zurück. Hatte er ja gerade ein wenig aufrecht zu stehen gelernt. Er war in eine etwas eisige Gasse eingebogen, ja, und das wollte er untersuchen. Auch wenn er bereits erfahren hatte, dass es Kieselsteine auf der Fahrbahn gab. Genauso befanden sich solche in seinem – noch einfältigen – Schädel.

Ging es denn effektiv – nur – darum, Bilder einer entsetzten Mutter zu entfernen? Ihr genehmigender Blick, ihr erstickend-übertriebenes Sichsorgenmachen waren für Reinhard lange Zeit fürwahr wie ein Gefängnis gewesen. Bestimmt galt es, da was zu machen. Viel von ihrer Angst, geschürt von einem Gefühl der Hilflosigkeit, hatte sie auf ihn projiziert. Er weiß heute noch nicht genau, was so zentral gewesen war in ihrem Leben, das sie so zu schmieden schaffte. Jedenfalls: Was soll's? Mutter verdankt einem Kind ihr Leben, das Kind verdankt's der Mutter.

Um dem zu entkommen, entschied Reinhard sehr früh, ausgesprochen fantasievoll zu sein. Er war einer, der, wenn er Wasser sah, gleich in einen Fantasiebrunnen schaute, einen tiefen, der da unten dann zum Meer wurde. Ein richtiges Meer bekam er aber erst nach sehr langer Zeit zu sehen.

Reinhard war also in Innsbruck, auch um etwas über moralische Szenarien zu lernen. Wie konnte er aus seinem Chaos eine bessere Weltanschauung erschaffen? Hatte er denn jemals richtige Anerkennung für etwas bekommen? Beziehungsweise sich verdient?

Er folgte bei seinen Tätigkeiten an der Uni nicht sehr prestigeträchtig den präzisen Ausführungen über Selbstwertgefühl und darüber, wodurch sich dieses ausdrückte. Er hoffte, Vorteile zu erkennen. Er schaffte es knapp, dass es nicht ein Angriff auf seine ganze Person werden würde.

Seine prekär beschäftigte Gefühlslage wehrte sich dagegen, dass so viel Einfluss auf das Ändern seines ganzen Lebens ausgeübt werden könnte: Er empfing alles auf noch völlig kurze Sicht. Als wäre er Zeitstudent da auf der Psychologie, mit Abschluss Sekundäres Ich.

Qualifizierter Designer seiner Möglichkeiten, somit seines Lebens, als Akademiker wie im Science Center zu sein, war für Reinhard gedanklich schwer zu realisieren. Als möglicher Schriftsteller? Was wusste er denn damals schon? Er wusste für den Moment gerade noch, wie die Miete, das Essen und wieder die Miete bezahlen. Und schleppte weiterhin eine Menge Unsicherheiten mit sich herum. Ursache und Wirkung, sagte er ehrlich, klappten bei ihm noch nicht.

Immerhin empfand er, da in der Zeit, keinen gesundheitlichen Stress; geistiger Stress, da wusste er noch nicht richtig, was das genau war. War das jetzt ein formulierter Teufelskreis? Und blieb nicht eigentlich immer alles für Reinhard so? Es ergab sich aber bei dem Erlernten zunächst, dass er für Depressionen und Burnouts (diesen Begriff gab es allerdings damals noch nicht) nicht empfänglich war.

Es war ihm eine schwierige Aufgabe, über Risikofaktoren kombiniert mit Belastungen, die abgefangen werden konnten, zu schreiben und dazu befragt zu werden. Reinhard erntete Teilzeitergebnisse, sich im Soge dieser fragend, inwieweit die Psychologie damals, mit dem Fokus auf Beweise gerichtet, etwas lindern könne. Im Grunde lernte er fürs Erste, dass in der Regel nichts für immer war. Und Beschäftigungen plus Anstrengungen beinahe nur dazu da waren, finanziell zu überleben.

Er musste ehrlich gestehen: Ihn brachte alles ziemlich schnell unter Druck. Aber natürlich war er davon überzeugt, dass er schlussendlich fliegen würde. Eine Fallstudie darüber, wann und wie das geschehen könnte, lag aber auf dieser Universität auch nicht auf.

Weil die Lebensschutzscheiben seiner Existenz noch sehr, sehr dünn waren, war es auch so, dass er sich bei jedem Flirten immer gleich in alle verliebte. Von einem Motorrad träumte er nie, davon, der beste Tänzer – im Lebenstanzturnier – zu sein, schon. Die Realität ist kein Traum, jedenfalls kein erfüllter. Alles ist ein geschlossenes System: Ein ich *liebe* mich – du *liebst* mich oder auch nicht, stopp. Das System besteht nicht aus Träumen und Träumern, sondern aus Handlangern, Gesellen und Testpersonen: uns.

Es sind dann einige Hundert (reiche und superreiche) Typinnen und Typen auf der Welt, die uns nach ihren Vorstellungen versorgen oder wahlweise belohnen. Mit Spargel, Milchflaschen, Haustüren, Automobilen, Feinschmeckerclubs und der Queen Mary, wenn's sein soll, et cetera und so weiter, um dieses geschlossene System von „Du liebst mich – ich liebe mich oder auch nicht, stopp" erträglich zu machen. Wenn es mal nicht funktioniert, sind preisgekrönte Gerichte, politische Parteigremien und Kirchenväter prompt zur Hand, die dafür sorgen, dass alles systemrechtens geschieht und abläuft.

Denken und sekkieren also: Niemand ist davor gefeit. Und somit fand Reinhard, dass aus neurobiologischer Sicht alles im Leben ein Vorgang gleich einem Sichselbst-ständig-am-Zopf-aus-dem-Sumpf-Ziehen ist. Eine streng grammatische Funktion diese, die lebenspraktisch, so wie auch die Seele als konkrete Substanz und ziemlich vieles noch dazu, nur sehr radikal zu vertreten war.

Reinhard erfuhr auch bereits in den ersten Vorlesungen auf der Psychologie, dass Hirnforscher noch nach dem Ich-Organ suchten. Münchhausen, die Welt und er bildeten aber damals eine Einheit.

Das Auflösen der Widerstände beim Studium der Vorgänge in der Seele ging bis in die Tiefe seiner intimen Fasern und entsprang vorwiegend aus einem Bedürfnis nach Stille. Denn grundsätzlich fand Reinhard in dieser Zeit ziemlich vieles stark rumorend. Und das laut.

Da freute er sich – ob Universum oder Kosmos oder nichts von beidem oder beides – immer auf so etwas wie ein Zuhause: auf die Stille eben, die auch unendlich war – unendlich reich, wenn man fähig war, darin zu vernehmen … zum Beispiel Musik.

Aus Markus Gabriels *Warum es die Welt nicht gibt* erfuhr Reinhard, dass die Welt so was wie ein Nichts ist oder ein Unendliches, das man in keinerlei Weise gedanklich oder auch sonst wie einkreisen oder zu nennen vermag. In dessen Worten: Universum, so auch Milchstraßensystem, scheint auf den ersten Blick eine verhältnismäßig unproblematische Ortsangabe zu sein. Etwa von der Art: Ich sitze in meinem Wohnzimmer auf der Helenenbergstraße in Sinzig am Rhein. Aber das täuscht. Es besteht ein grundlegender Unterschied, ob wir über Wohnzimmer oder Planeten sprechen. Planeten und Galaxien sind nämlich Gegenstände der Astronomie und damit der Physik, Wohnzimmer nicht. Zum Unterschied zwischen Wohnzimmern und Planeten gehört, dass wir Wohnzimmer einrichten, dort essen, bügeln oder fernsehen, während wir Planeten beobachten, ihre chemische Zusammensetzung durch aufwendige Experimente messen, ihre Entfernung zu anderen astronomischen Gebilden bestimmen und vieles mehr. In der Physik geht es niemals um Wohnzimmer, sondern allenfalls um Gegenstände in Wohnzimmern, sofern diese unter die Naturgesetze fallen. Wohnzimmer kommen in der Physik schlicht nicht vor, Planeten schon. Wohnzimmer und Planeten gehören demnach gar nicht zum selben Gegenstandsbereich. Ein Gegenstandsbereich ist ein Bereich, der eine bestimmte Art von Gegenständen enthält, wobei Regeln feststehen, die diese Gegenstände miteinander verbinden. Und die Menschen, meint man.

Granatapfelbetrachtungen

Eine Auslegung – mit Blick auf die Realität? Eine starke Emotion war es für Reinhard jedenfalls, auf die Trägheit zu reagieren. Wenig grundlegend waren die wirklichen oder auch nur vermeintlichen Auseinandersetzungen oder die Konfrontationen. Studiumsverpflichtungen fing er an, in die Spätschicht zu verschieben.

Etwas abwesend und nachdenklich, fiel ihm hie und da ein, dass er gerne einen Leuchtturm besteigen würde. Ängste und Türme (in mancher Tiefenpsychologie ein Symbol für den Phallus) gehörten zur Alltagsperspektive, und da oben, stellte er sich verträumt vor, könne er das Aussichtstraining absolvieren, das er brauchte.

Halbblau stiegen in ihm weitere Fragen auf: Sollte ich eine Waschschüssel mitnehmen? Die Aussicht zu der rettenden Insel wird dadurch bestimmt nicht besser, Waschschüsseln zu kaufen gehört aber nun mal auch zum Bewältigen von Anliegen, ist somit allemal ein Training und eine Erfahrung – und dies nicht auch im Kleinen und in der Botschaft zweckrationell? So dadurch gar bewundernswert? Eine operative Einsicht und Aussicht also?

Und hatte das auch etwas mit der Frage nach Reinheit und Freiheit zu tun? Nicht unbedingt: Reinhard verweilte einfach gelegentlich mal ein paar Tage am Meer, und da stand eben auch ein Leuchtturm.

Gebot, Achtung, Zweck, Selbstzweck, Welt, Gemeinschaft, Partnerschaften, also jetzt wirklich! An was dachte er denn bloß? Welches Studienbuch hatte er denn da mit? Was las er denn da? Was war los mit ihm? Es wären so schöne frühherbstlich windstille Tage gewesen, das Meer noch wohlig schmeichelnd lauwarm; was sollte das mit dem Leuchtturm, der ihn fesselte? Phallussymbol und Sigmund Freud? Vor lauter Erwartungen seitens der Außenwelt samt Eltern und Kollegen stieg in ihm eine imperative Panik vor Statusverlust auf. Status?

Für Reinhard unterlagen alle Lebensthemen ohnehin einer großen Metamorphose des Übergangs. Er nahm, wegen seiner Farbe und Form, manchmal gerne einen Granatapfel mit nach Hause. Zerteilte dann die reife Frucht, die ihm, sich in Karminrot und Rubin öffnend, saftig ihr Innenleben anbot. Vorsichtig las er einige Kerne heraus und legte sie vor sich auf der Tischfläche der Reihe nach auf und dachte dabei, dass es sich oft so anfühlte, als ob alles Leben nicht Innehalten und Kontemplation, sondern nur ein Rennen wäre. Oft gar ein Fliehen. Ein Ständig-wo-anders-sein-Wollen.

So hatte er in den Vorlesungen gelernt, dass das Einhandeln der Gemeinsamkeiten unter den Menschen freilich etwas mit Psychosomatik zu tun hatte und somit mit dem guten Rhythmus beim Atmen. Auch Wahrnehmungsspektren tauchten bei dem Thema auf.

Er hatte oft eine Frequenz im Hirn, ein Hirnsummen. Klar wusste er, was ein Tinnitus war. Das war es nicht. Das Interesse sowie der Schwerpunkt lagen außerhalb. Mit Depressionen hatte es auch nichts zu tun. Und Hochbegabung war nicht das Thema, genauso wenig wie die populären Psychobroschüren und die Abenddämmerungen, die ihn immer wieder für einige Stunden einschlafen ließen.

Schwach waren sie, die freien Abende. Und Jahrhunderte der Psychologie genügten nicht, um seine Seele aus den vielen vorgetragenen Legenden spüren zu lassen, sie sei frei. „Hörst du mich da draußen?", schrie er damals oft.

Der Begriff der Anerkennung war in dieser Zeit des Öfteren ins Wanken geraten. Gefühl des Daseins? Was war das? Nichts. Und gerne lag er oft flach – und hatte dabei das Gefühl, er schaffe es auch so, etwas zu erleben – dreaming my life away.

Und immer noch im Kopf das leise Pfeifen, das stete Summen. Es qualmten Reinhards Gedanken – die Fragen, die beim Studium nach der seelischen Ordnung aufkamen (untersuchend, wie eine ordentliche Seele auszusehen hatte), nicht beantwortend. Der Himmel hatte ihm aber an bestimmten Tagen vieles zu sagen.

Defizite, sagte Reinhard sich, sind Inhalte einer zweitbesten Form der Kommunikation – und: Sind Wunder denn wirklich möglich? Was aber half ihm jetzt unmittelbar? Eine Religionsgemeinschaft aufsuchen (als Kind hatte man ihn viel zum Ministrieren geschickt), wo lauter potenzielle Exkommunizierte sich befinden? In der Presse las er, dass am Tag zuvor der damalige Papst auf der Flugzeugtreppe gestolpert sei – welch eine weltbewegende und bestimmt psychoanalytische Gegebenheit.

Psychotherapie bei Weltangelegenheiten. Konnte man diese nicht am Anfang aller Ideologien und am Anfang dessen, was man angeht, anwenden? Um es zu schaffen, Erfinder, Triebe, Sinn und auch Bischofsringe und so weiter in ihrer Wichtigkeit zu unterscheiden? Verstrickungen waren bekannt bis hin zur Hilfsbedürftigkeit.

Das hieß für Reinhard jetzt konkret, dass dies eine Phase war, wo es manchmal sogar beim Kümmern um seine Körperfähigkeiten mit ihm durchging.

Welch ein chaotischer Zustand – Wahlsysteme und Verblüffung? Zeitweilen überfiel ihn Verwirrung. Was sind Mängel an Glück? Das sind Unannehmlichkeiten – braucht man da Platon?

Warum machte er sich so viele Gedanken? Und woran glaubten Atheisten?

Ihm wurde bewusst, dass vieles oder so ziemlich alles auf der Welt nicht anders als im Missverständnis schwimmend und im Irrlicht schwirrend aufzufassen war. Und es wurde noch dunkler, noch drängender, noch flirrender um ihn.

So fuhr er ins Schloss nach Kärnten, wollte sich klar werden, was da sei mit ihm, was da war. Und er kam hinein in eine Diskussion. Sein Lieblingskünstler hatte hohen Besuch. Es wurde die künstlerische Ausstattung des Festspielhauses in Salzburg geplant und Reinhard war froh um Zerstreuung. Er saß nicht nur dabei und hörte zu, es bot sich ihm auch die Gelegenheit, dem emeritierten Architekten und ehemaligen Rektor der Akademie der bildenden Künste in Wien seine Zeichnungen zu zeigen, an denen er arbeitete, wenn er im Schloss war.

Sie saßen lange, aßen und tranken und redeten und planten. Der Tag ging vorbei und es wurde ganz spät, nein, ganz früh am neuen Morgen, so gegen zwei Uhr, als der Besuch, der Professor, zu singen begann. Den Raum beherrschend, trank er aus seinem Becher: „Wütend wälzt sich einst im Bette Kurfürst Friedrich von der Pfalz …"

Alle waren bereits müde, sehr müde. Aber der alte Herr – er war kurz vor seinem Neunzigsten – sang und sang. Und sagte plötzlich, als er sich also vom Stuhl erhob: „Reinhard, Sie sollten nach Wien auf die Akademie!"

Und so hatte an diesem Punkt die Zeit an der Fakultät für Psychologie nach zweieinhalb Jahren ihr jähes Ende gefunden.

Vienna new

Nach dem Parallelstudium an der Psychologie in Innsbruck und an der Fakultät für Architektur in Venedig folgte Reinhard der Empfehlung des emeritierten Akademierektors und ging nach Wien, in die große Welt der Konfrontationen – auf die Akademie der bildenden Künste am Schillerplatz.

Reinhard meldete sich zum Hearing für die Aufnahme an, die er, zu seiner Verwunderung, mit Leichtigkeit bestand.

Obwohl er keinesfalls Hochmut verspürte, rief er dennoch zum Makler hoch: „Warum haben Sie nicht aufgeschlossen?" Der war gekommen, um Reinhard in einem Innenhof der Rüdigergasse eine Unterkunft zu zeigen, eine ehemalige Lüsterwerkstatt, die um Ende 1800 in Betrieb gewesen war. Hundertachtzig Quadratmeter Fläche hatte das Objekt – das Tor, das sich als Eingang zu Reinhards erstem Atelier erweisen könnte und sich am Mezzanin befand, schnappte hinter ihm zu, und er spürte ab der Stunde dieses Tages ein Drängen und Brummen im Gewölbe seines Seins.

Weil unbedingt eine neue Zeit ihr Feuer entfachen wollte.

Endlich.

Wenige Hundert Schillinge wollte man als Monatsmiete für solch ausrangierte Objekte – Hauptsache, es war jemand drinnen, der sie bewohnte und belebte, somit darauf schauend, dass nichts noch morscher wurde.

Anschluss für Strom war da, die Kabel für die Elektrizität auf Putz. Das Wasser musste Reinhard selbst einleiten, in einer Mauernische der Kochecke platzierte er eine Sitzbadewanne. Der Rest der vielen Quadratmeter war Atelier.

Wenige Schritte waren es bis zum unteren Ende des Naschmarktes, wo es ein Gutes war, Viktualien einzukaufen. Es war eine Zeit, in der alle neugierig waren, eine, in der alles möglich war. Das Holen um die Ecke. Und das Gefundenwerden – von Unternehmen, Galerien, Sammlern et cetera. Dies vernahm Reinhard von den Professoren und den lehrenden Künstlern, die ihn umgaben. Und auch er machte einige erste, wenn auch bescheidene Erfahrungen.

Und in diesen Anfangstagen zwang Reinhard sich intensiv, den nächsten Schritt zu erahnen. Ein nächster Schritt hätte es auch sein können, in eine Schaukel einzusteigen, mit der Pendelbewegung zwischen der Ewigkeit und dem Hier und Jetzt. Ihn sollte nichts aufhalten. Und alle Flüsse sollten fließen! Herausfordernd alle Lebensverhältnisse, auch die, die noch im Wege zu sein schienen. Naturgesetze sind Gewohnheit, Verlust an Orientierung ist aber etwas Intimes.

Das So-vieles-auf-einmal schaffte es auch, ihn irgendwie zu erschlagen. Und zusätzlich diese Panikattacken, die Reinhard nun öfters aus heiterem Himmel befielen. Passierte das, weil es ihm schwerfiel, die Möglichkeiten zuzulassen? Auch das Sichverlieben, nicht nur in Frauen, sondern in das Leben? Sein Herz schaffte es in solchen Momenten, auf zweihundert zu rasen. Er hatte dann das Gefühl, dass sein Körper sich auflöste. Er konnte sich nicht mehr spüren. Wie in einer geleeartigen Blase, einer zähglitschigen, schwabbelte seine Seele einfach so und nirgendwo mehr hin. Er stand, beobachtend das Ganze, einen Meter daneben, neben sich.

Wenn es vorbei war, circa zwanzig Minuten dauerten diese Attacken in der Regel, stieg etwas stark Beruhigendes in ihm hoch, und die Welt fühlte sich dementsprechend wieder weich und friedvoll an. Was war das nur, das ihn da heimsuchte?

Nichtsdestotrotz brach Reinhard aber in Wien auf ins Grenzenlose. Verschwand, keinen Missmut in Mitteilungen züchtend, ins alltäglich etwas Extravagante; Unstimmigkeiten, Kauderwelsch und, ja, die vielen Augen.

Reinhard erwachte aus seiner seltsamen, scheinbaren Trance, aufschreiend: „Herr Doktor!" Es schien ihm, als ob ein nicht näher zu definierender Zahnarzt jeden Skeptizismus, der die Existenz der Welt und vieles andere bezweifelte, mitsamt der Wurzel ausreißen könnte.

Reinhard kam es so vor, als erspähte er in Wien zum ersten Mal seine kritische Intelligenz – wenn zu dem Zeitpunkt auch nur in der Ferne. Er fühlte, dass ihm das helfen würde, Gedanken mit mehr Sorgfalt zu hegen. Diese zu pflegen. Nicht unbedingt gleich die seines ganzen Lebens, aber die des unmittelbaren Stücks Weges, das sich damals noch und für den Moment wie ein Blind Date anfühlte.

Reinhards Identität wollte sich ändern, als er da tief in sich drinnen anfing, über die Veränderlichkeit seiner Emotionen zu recherchieren. Vom Grund auf vieles ändern zu wollen, war – bei den Unterstellungen, die ihm oder von ihm selbst in den Weg gelegt wurden – eine wesentliche, wenn auch eine sehr zerbrechliche Wachstumspassage. Eine relative, da in ihm – ohne die noch nicht in seiner Wesenstiefe vorhandene Bastion der Kultur – der Konflikt der vorwiegend sensible feste Anhaltspunkt war. Demzufolge manchmal Angst zu spüren, war etwas Wichtiges, solange Reinhard es schaffte, sich verteidigen zu können.

Nicht im Klaren war er sich noch über die Kompatibilität im Lebenssystem der Pflichten. In ihm drinnen war die Wahlfreiheit immer eine enorme Kraft, eine Antwort des Seins, die sich anfühlte wie – er liebte es, es so zu umschreiben – die Nachricht des Todes eines Mörders. In diesen Zeiten der austauschbaren Werte. Wo sich alles wie mit den Schuhen verhielt, die, wenn angezogen, weniger attraktiv waren als im Schaufenster.

Reinhard träumte mittlerweile auch schon des Öfteren von solchen Schuhen – gar von unbequemen –, um im Fernsehen zu erscheinen. Um danach gefragt zu werden, die mehr oder weniger leeren Taschen oder die verschiedenen Schulen zu analysieren. So wie auch über Besuche des Museums in mehreren Etappen zu berichten. Um dort dem Schlummern der mürrischen Amorengelchen, die ein Monster an der Schlinge halten, eine Erklärung zu verleihen.

Diese Vorstellung war für Reinhard jetzt schön – herrlich! – wie Boutiquen. Na ja.

Des Öfteren in solche Stimmungslagen hineinrutschend, hatte er dennoch nie unterschätzt, wie Neid auf Lebensdesigns anderer Art den Umgangsknacks automatisch auf Grün springen ließ; er war nie als Gefolgschafter unterwegs. Er wollte auch nie mit Steinen werfen, somit schon gar nicht den ersten. Boutiquen hatten jedenfalls große Schaufenster! Diese genannt auch Durchsichtsfenster – mit mehr oder weniger großen, mehr oder weniger zerbrechlichen Glasscheiben, die als Grenze zwischen Innen, also den privaten Räumen, und Außen, den öffentlichen Räumen, fungierten. Analogisch: Zwischen dem eigenen Privaten und dem Öffentlichen.

Ein kleiner Stein in Reinhards Richtung geworfen, und die Trennschutzscheiben seiner inneren Boutique wären ohne weiteres Zutun in sich zusammenkrachend zerborsten. Nuancen der Bewertung waren Reinhard noch eine weit in der Ferne fremde Sache. Für ein lässiges Fahren im Leben fehlte ihm das Nichts-ist-langweilig-und-los! Für solches Verhalten die passende Frisur. Er kannte auch keine Theaterkassen für solche Auftritte.

Jede Beziehung, zu wem und zu was auch immer, konnte ab diesem Punkt neu beginnen wie ein Dolchstoß in die Zukunft. Dies nicht zu verwechseln mit dem Vergnügen. So bastelte Reinhard sich etliche einschlägige Ideen zurecht, welche, auch wenn sie im Ansatz gut waren, nicht (immer) gleich gut ausgehen konnten: weil Reinhard gebündelt war in der zu großen Anstrengung, die Schulen verschiedener ihm eingetrichterter Bereiche mitsamt den dazugehörigen Fachgebieten zu verinnerlichen und zu vergleichen.

Ein Kraftaufwand, der Reinhard die genuine emotionale Lage vermasselte, die er gebraucht hätte, um sich den großen Meisterwerken auch nur anzunähern. Er benötigte eine konzentrierte, lineare Übertretung von Normen und Konventionen, damit sich die übernommenen fremdgesteuerten Bedürfnisse und geistigen Nöte legten und seine ureigene Intimität eintreten konnte.

Reinhard war plötzlich mit so viel Bibliothek in Wien beladen – auf der Akademie in der Aula des Aktzeichnens unter der Kleidung der Frauen, sie unter Aufsicht

zeichnend, betrachtend. Aus seiner gewesenen Welt auszusteigen, war mit Bemühungen verbunden, wobei dies
zur Verwirklichung zu bringen mit viel Skurrilität ablief.
Und viel Kritik – mitunter unaufrichtige – war auch zu
erwarten. Eine Wiederholung der gewohnten Aufführungen war noch die Konstante. Es ließ sich eine „stabile
Mischung aus Tragödie und Komödie" ins Geschehen
einschleichen, um sich in die Lektion einzuschalten.

Reinhards Problem war es, sich womöglich durch die
emotionale Beteiligung zu vergiften. Angreifen, jetzt,
aber nicht immer.

Etwas änderte sich für ihn und in ihm. Und er konkurrierte bereits. Um einige Tausend Euro Subvention –
oder Stipendiengelder. Sehr wahrscheinlich aussichtslos.
In der Künstlergemeinschaft, wo so viele am Kunststudieren und auch Kunstproduzieren waren wie wahrscheinlich die chinesischen Fließbandarbeiter mit ihrem
irrwitzigen dramatischen Drang. Augen und Finger zeigten auf die anderen, aber die schickte er am besten
gleich in die Ecke, damit sie sich verkrochen.

Und die Frage: Ist es halb zwölf? Weil er sich zu einem Termin wegen des Panikanliegens beim Facharzt
einfinden musste? Einen Rat, dachte er, holte man sich
dort nicht. Aber Drang, Lug und Trug und andere solche
Sachen konnte er, weil dort sich befindend, für eine
gute Stunde in die Wollsocken gestopft wissen, die er zu
Hause gelassen hatte.

Aufgeribbelt schob er den Zwang, sich etwas Entspannendes zu gönnen, beiseite – und grübelte über den
Zwang-zum-Sinn in seinem Tun nach (in der Malerei gerade, zum Beispiel), beim Lernen, *akademische Werke*
zu schaffen, rastlos explodierend.

Unruhe I:

Nach einigen Tagen stand Reinhard einmal angelehnt am Rahmen der Tür seines neuen Ateliers. Sprach es im Treibsand seines Gemütes gedanklich aus: „Affenstall! Vorhänge schmutzig! Vermaledeit, meine Augen wie Karpfen ans Ufer gespült. Trampelnd auf der Schreckensliste der Themen und Aufgaben!"

Es überfiel ihn rücklings der Gedanke, dass sein Spiel jetzt die Chance zum Besserwerden hätte. Und sprach vor sich hin – in der Dialektik dieses unkontrollierten Augenblicks schwafelte er: „Durch da, das könnte jetzt endlich ich sein." Ähnlich wie Reinhards Genossenleinwände, die er, als wären sie Persönlichkeiten im Atelier, bemalte, damit sie irgendwann einmal das Übel verrichten könnten (aber mit unwahrscheinlicher Macht und Kompetenz), die Welt zu verbessern.

Er fühlte sich jedoch auch in seiner eigenen (Noch-) Unzulänglichkeit ertappt, als stünde er schmarotzend (obwohl eben da im Atelier) in einem Gutshof irgendeines Grafen. Errötend bittend um Entschuldigung – weil er plötzlich der Welt Seinsberechtigungen oder Nichtberechtigungen aussprach, gar predigte. Als Auswüchse der Studentenaufstände.

Er hatte einen wiederkehrenden Traum. In diesem stand er vor der Tür zu einer Treppe. Eine mit einem seltsamen Überzieher. Er hielt dabei diesen Augenblick fest, indem er im Traum über sich selbst reflektierte. Der linke Treppenlauf führte nach unten, der rechte nach oben. Reinhard ging die Treppe hoch. Oben eine Tür, die er aufsperrte.

Dann erwachte er.

Reinhard stand also in dieser offenen Tür. An dieser war ein Täfelchen an einem Kettchen angebracht, das nicht ganz waagrecht war, und darauf stand in Pinselschrift in der Farbe Siena-Erde: *Life is a killer.*

Vietnamkrieg war gerade gewesen, in den Gedanken noch immer ein brisant rundum vorrangiges Thema.

Unruhe II:

Wie beinahe jeden Morgen überflog Reinhard in den Zeitungen die Tagesnachrichten, um zu sehen, was sich so tat – und da überfiel es ihn:

Den Bach runter,
es kann nicht anders werden.
Runter und, wenn's sein soll, bis zum Beelzebub.
Runter.
Denn das Oben bleibt uns versperrt.
Eitle Pfauen wir, die unsere Räder drehen.
Im Dunkeln dieses Rad und mit diesem Rad wird so
    vieles hin.
Fortpflanzung gegen den Schnaps gepredigt.
Unsterblichkeit und Nachricht vom Tode gehen Hand in
    Hand.
Jesus aufgehängt in der Bauernecke: Welch ein toll
    mystisches System!
Aufbrechen da und im Tumult erschlagen werden.
Tod als Erpressung! In jeder und wie auch immer
    gefärbten Predigt.
Warum das alles!
Blicke gefährdeter Augen.

Blicke unglücklich hinterhergesendet.

Materialien, Möblierungen und mit wahnsinniger
  Gebärde im Trümmerhaufen sehen, den Kindern
  nicht zu schaden.

Ist es das? Ist sie das: die „Wildnis an der Mur"?!

Eine Kriegs- und Schuldkultur mit Schlaglöchern und
  Wehrsteinen?

Ist das Das-Kind-mit-dem-Bade-Ausschütten?

...

Reinhard dachte, er könnte, bedingt durch diese Zeiten, sich einen Lebensleitspruch sinngemäß zurechtlegen:

Dostojewski schrieb in einer Ecke des Tisches, wo zur gleichen Zeit seine geliebte Frau bügelte, an einem Platz von zwei knappen Quadratmetern.

Genius ist grenzenlos.

So wie unsere Unzufriedenheit.

Bei aller fröhlichen, schelmischen, witzig-schmerzlichen Alltagsheiterkeit könnten wir sagen, dass das Gefühl der totalen Niederlage unser aller normalsterblichen Alltagsmenschen in strahlender überschwänglicher Sicherheit eines letztendlichen Sieges schwelgt. Wo die gefallenen Helden dem Stolz darüber, immer auf der falschen Seite, der, auf der das Brot nicht mit Butter bestrichen ist, gewesen zu sein, dann endlich Ausdruck verleihen werden.

Die Spiele der Paradoxien hatten rundum den Gipfel erreicht. Denn „heute", wo und wie auch immer wir leben, leben wir im Posthuman. Besser wäre es, man lebte zurückgezogen, fast wie ein Mönch. Und fast wie bei

*einem Mönch seine Zeit mit Reflexionen besetzen, die auf
den höchsten Problemen basieren. Ehe diese in seiner
Kunst ihren Ausdruck finden. Im Bewusstsein, dass wir
in einem deformierten und neuen Feudalismus leben.
Wo die Mächtigen in ihren Festungen fest eingeschlossen
sind. Und „wir anderen" aufgeteilt in unseren Banden
uns untereinander „töten".*

*Bleibt einem weisen Mann nur mehr die Zelle der Me-
ditation. Und der Jubel der gesamten Umgebung. Der
auch unserer Fantasie begierig sympathische Meldungen
endlos zuzwinkert. Die, die uns zur täglichen Schöpfung
treiben.*

*Das Spiel der Paradoxien, war mein Fazit, hat die
Gipfel der höchsten Türme erreicht. Ja. Wo triumphie-
rend das Banner der Idiotie im Winde wedelt ... Was
„willst du" mehr vom Leben?*

...

Reinhard stellte sich vor, seine Anfänge unter den Arm
zu packen, um sie in der Badewanne zu waschen.
Transgressive, also normverletzende Bedeutung? Oder
transgressiv vom Hinübergehen? Das wusste er nicht.

Er gab Bleichmittel in die Waschmaschine – und ertappte sich dabei, im selben Sog zu denken: „Herrgott!
Woher kommt der Drang, etwas zu bewirken?" Es wurde
ihm plötzlich klar, dass er bis hierher ein Auf-Erden-
Dasein wie ein Durchschnittsurlauber hatte. Was soll
jetzt aber dieser falsch zusammengefaltete Widerstand
um jeden Preis, gegen fast alles? Vor allem jedenfalls gegen Denkmäler und Strafpredigten? Und auch, das be-
rechtigterweise, gegen Hürden, die sich ihm in den Weg
stellten wie Füße, die fies ausgestreckt werden, um ihm

ein Bein zu stellen beziehungsweise ihn zum Stolpern zu bringen?

Am Morgen stellte Reinhard sich gerne als Erstes vor, alle Farben, Tönungen und Formen der Natur wären in einer Schachtel aufbewahrt. Und er dachte, dass die allermeisten nie den Deckel dieser Schachtel öffnen würden. Und dadurch lebenslang ratlos und freudlos und (innen-)starr blieben. In den Köpfen so viel Wirrnis, die ihnen den Blick darauf verstellt, dass alles auf der Welt so feinstofflich vielfältig ist, dass es – weil es – nicht einmal zwei Ameisen, zwei Amseln oder zwei Spatzen gibt, die einander ähnlich sehen.

„Kind …", hatte vor langer Zeit Reinhards Lehrerin mit ihm zu sprechen begonnen. Daran erinnerte er sich hie und da – und auch daran, dass ihn das damals nicht berührt hatte. Sie sprach mit ihrem Akzent, dem der *zwei Kulturen*. Ihren und vielen Worten, besser gesagt, Parolen folgte in all den darauffolgenden Jahren politische Rhetorik. Das war der Grund dafür, dass Reinhard sich letztendlich dann doch – eher unglücklich – von dort entfernt hatte. Es schwirrte und schwebte dort überall ein negativ dualistisches Schema herum. Einige wagten vielleicht Aufstand und Revolution. Freilich nicht die Väter der Nation(en).

Er fand, dass Realitätsverlust unser aller Motor für das Unglücklichsein war. Der auch zum Glück durch Produktion, Handel und Konsum führte. Das hatte aber nichts mit Wohlstand zu tun.

Und was war mit dem Dichten? War etwas dazuzudichten eine nur ästhetische Angelegenheit?

Eine mögliche Antwort: Laut war es, irgendwo dazwischen, mit lauter Crashdichtern vollgestopft. Ob Kämpfe um Bergwerke mit Lkw mit Rückblenden und Vorderachsen dabei was zu suchen hatten, entschied die jeweils so oder so gefärbte Kritik, diese Gilde.

Viel Skurrilität also.

Unruhe III:

Und von Skurrilität begleitet, stolperte Reinhard auch gleich mal über Frau Novotny. Eine Nachbarin, die im selben Haus wohnte. Frau Novotny glaubte ab dem Moment, als sie ihn als Neuankömmling wahrgenommen hatte, sie müsse unbedingt über alle möglichen Sachen mit ihm reden.

Das Loslösen von der Verwirrung, die sie mit sich herumtrug, hätte allerdings mit dem Ablassen von der Miesmacherei beginnen können. Vielleicht erschuf sie sich Neues. Oder sie erfand sich eine neue Frisur. Gar dies als Goodwill-Zeichen.

„Probieren Sie mal Sprünge aus dem Nichts!", schoss es aus ihr heraus. „Um womöglich auf einem Perserteppich zu landen! Ist so was sexy?"

Reinhard berührte das unwillentlich, und mit Unwissenheit bestückt blieb es für einen Moment dabei. Verzweiflung war nicht unbedingt nötig.

Er versank in Blitzgedanken: Soll ich mich vor etwas hüten? Wovor? Am ehesten vor dem Konsequenten und den Konsequenzen. Dabei mir irgendwelche Glückskekse vorstellen müssen? Verzeihung, welches Fabrikat?

Frau Novotny quasselte prompt dazwischen: „Und die Hauptstadt von Mosambik", plump nannte sie irgendeine exotisch klingende Stadt, „Teil eines Neuen beziehungsweise des Neuen werden zu lassen, spricht gegen eine unmittelbare Botschaft!"

War das eine Provokation? Eine Vorwarnung? Welche denn?

Man hatte Warnungen, kunstphilosophisch gesehen, nicht ernst zu nehmen. Sie unterlagen keiner kreativen Gegenprobe. Exponentialdarstellung einer Argumentation diese, wie Los, bitte Grün!, wenn dieses auf dem Glückskekszettel draufgeschrieben stand? Ungerechtfertigt und verdächtig lückenfüllend war es, da gleich Geografien aufzubauen und zurechtzuschneiden.

Reinhard versuchte, Frau Novotny abzuschütteln – hatte etwas anderes zu tun.

„Aber meine sehr geehrten Herren!", rief sie im Slang theatralisch nach den liegengebliebenen Fäustlingen kurz zurückblickend – sie hatte auch etwas Alkohol in sich –, „im Hausfrauenberuf, wenn auch mit Nylonstrümpfen und Eierkartons und anderen solchen praktischen Ansätzen bestückt, ist keine Langeweile!"

„Warum?"

„Haushalt beruht auf wahrem Glauben! Ist wahres Wissen!"

Um auf diese Aussage einzugehen, hätte es in der Tat eine radikale Philosophie gebraucht; das Rätsel, ob der *eigene Traum* mit all seiner Anziehungskraft gelebt würde, geriet, bei solch extremer Auslegung, in ein Looping. Eine Pattsituation ergab sich, wenn, der Miesmacherei das Mundwerk gestopft, sie zum Schweigen gebracht wurde. Indem man jede kritische Bemerkung auf sich bezog und anderes – wenn auch kreativ innovatives – Handeln da nicht zählte.

„Mit vorzüglicher Hochachtung, Frau Novotny!"

PS: Reinhard dachte kurz darüber nach, ob er nicht vielleicht einen Volkshochschulkurs Fachchinesisch für Glückskekskonditoren buchen sollte.

Genie und Ausschweifung einerseits und/oder andererseits, muss denn alles so trocken und luftleer, mit Glatze oder mit Lockenperücke, sein in der Selbstwerdung des Menschen? Ein wenig, so fühlte Reinhard nach, hatte es das Chrom an seiner Lebensstoßstange weggefressen *vorhin*.

Das stimmte nicht ganz, die Sorgfalt war im Nachhinein nur ein bisschen zerdrückt.

Nun gut, mit einem allgemeinen Verhalten hatte das mit Frau Novotny nichts zu tun. Unbarmherzig wäre es jetzt gewesen, hätte Reinhard den Kern der Sache, verdächtig artikulierend, fokussieren wollen.

Na ja.

Und um zurückzukommen zur Persönlichkeit und Wertschätzung des Moments – auch zum Wert Geld als Notwendigkeit … und nein, es geht nicht um Altruismus, aber um den Wunsch, zu gefallen: Das Thema Aufmerksamkeitserwecken war für einen wie Reinhard, einen, der bestrebt war, sich ja von den anderen zu unterscheiden, schon auch ein prioritäres.

Er hätte sich mit Ästhetik und Performances beschäftigen sollen, nicht mit dem, was er an Eigensinnigem, vielleicht Eigenwilligem sich vorstellen wollte später zu verteilen. Dafür – um gar sich so was nur vorzustellen – spürte Reinhard noch keinerlei Macht. Somit schleppte er Ambivalenz vorerst wie Schmuck mit sich herum. Sich beiderlei zu versprechen: Kunst wie Schmuck zu erzeugen und etwas an Macht zu erreichen, die ihm zu irgendeiner Spitze der Positionierung in den guten Gesellschaftsräumen verhelfen würden. Nein, es ist nicht so, dass Reinhard aus der Spitze der untersten Seite des sozialen Raumes gekommen wäre: Er trug einfach einen starken Drang zum „Ich bin stärker als du!" mit sich herum. Alles spielte sich in ihm wie ein „Wo dreiunddreißig weibliche Frauen finden?" ab, schnellstens, auf der Stelle, wie das Datum gerade, das womöglich schnell entschwand. Im Fünfminutentakt hätte er somit vorherzusehen gehabt, wie alles um ihn wirklich aussah, um daraufhin stimmig zu reagieren.

Reinhard war aber vorerst Teilnehmer in einem Film – er noch ohne Profil – mit kaum herzeigbaren Bildern, er, der keine Lieblingsbücher nennen konnte. Kurz gesagt: Er war hier, noch wie zufällig, in Wien, sich noch oft wie auf einem Date fühlend, von dem er nichts wusste.

Vienna blue

Viele Menschen handelten richtig, nachdem sie Erfahrungen gesammelt hatten, Reinhard nicht. Er hatte – absolut nicht – die Fähigkeit, Dinge richtig einzuschätzen. Realität, Erwartungen, die Lücken dazwischen und die Fehler: alles Dinge eines Fremdbestimmten.

Was stimmte ihn zuversichtlich, sodass er Vertrauen in das, was er – da in Wien – tat, gewinnen könnte? Wenn er über sich nachdachte, verspürte er erneut zunehmende Bedeutungslosigkeit. Es war sein Seelenurerlebnis, dass er sich als Individuum grau und unbedeutend fand. In solchen Momenten litt er ernstlich – aber dies war nicht genug, denn er hatte, zudem, auch im Grunde niemanden, der ihm half, das zu sein, was er wirklich sein sollte.

Er hatte großes Interesse an den Dingen, die um ihn passierten, er brauchte sie auch für seine Kunst, und er wollte eine Beziehung zu einem Menschen aufbauen.

Und er würde es jetzt schaffen, darauf zuzugehen: durch die neuen Erfahrungen, den neuen Habitus und Lebensstil. Ein neues Zuhause, eine neue Gesellschaft um sich herum, ein vermeintlich sicherer Platz, eine sinngeladene Beschäftigung, die Zugehörigkeit zu einer einschlägigen Gemeinschaft wie in einer großen Familie versprachen Identitätserlangung. Und mehr noch, er würde den alten Reinhard abstreifen.

Ja, Reinhard war bereit, sich zu ändern, dies dauerhaft und endgültig.

Die Frage war: Wie dies nun mit Sicherheit schaffen, die Veränderung als nun dauerhaftes Element seiner (neuen) Persönlichkeit? Die jetzt möglichst unauslöschlich den neuen Gefühlen des Ausdrucks seiner Identität zugeordnet war, damit sie ihren eindeutigen Ausdruck fand?

Erfindend also eine Trennwand zwischen einer dünnen Scheu und der momentanen Realität, promovierte und bewarb Reinhard sich jeden Tag (manchmal fiel Regen) zwischen Tür und Innenraum, verständnislos blickend auf seine Gedanken und auf das, was er tun sollte – und jeden Tag ging er auch der Aufforderung nach, diesem Tun einen weltgültigen Sinn zu verleihen.

Er war, was er dachte. Und sein Tun war gefärbt mit der Farbe der Gefühle, die er in dieses Denken steckte. Und er war sich sicher, dass er es schaffen würde, zu lieben. Ein unkontrollierter Gedanke, während er im Geiste mit sich selbst redete: „Du fehlst." Und er erstarrte dann immer sofort in der Pose des Dich-Suchens. In der Nähe oder im Briefkasten – den Schlüssel suchend.

Reinhard eilte an anstehende Projekte mit dem geronnenen Lächeln der Sehnsucht. Er las kaum mehr Zeitungen. Die Atmosphäre fand er auf einmal auch kaum grimmig, nicht gedrängt, nicht prahlerisch oder so, sie war dann wieder doch ganz einfach still. Und er fixierte sein Gegenüber, still auch dieses, das noch nicht in Greifweite war. Da jede Antwort also ausblieb, war es so, wie Gleichgültigkeit zu sein hat: in – eben – keine Verantwortung gedrängt.

Tief melancholisch gestimmt kam da eine Stimme in ihm auf, die sprach: „Du hast einen Auftrag, also einen Vertrag; verfange dich nicht (wieder) im Nichts." Eine Stimme wie von fern.

Arbeit und Liebe und Auftrag – ein Liebesauftrag also, als Auftrag auch zu lieben? Ein lieber Auftrag, ein Liebesvertrag? Mit wem? Mit dem Gewissen?

Leben in Missbehagen schrie immer nach Erster Hilfe. Die Sehnsucht nach Liebe war bei Reinhard aber konkret. Komplexe Fragestellungen suchten jetzt ihren Platz. Er schaute sich selbst im Spiegel tief in die Augen. Auch ganz profane Dinge wollten Appelle aussenden. Nicht nur Heinrich Böll schrie nach Achtung und Würde. Gehorsam also in den Momenten des Lebens, hieße das dann im Sinn tieferfülltere Tätigkeiten? Und was war sein Wirken bisher gewesen – war es rein aus Gewissensbissen geschehen?

Er beobachtete einen Stieglitz, der da draußen sprang, auf der Brüstung des Balkons. Als hätte Reinhard die Leinwand als ein Segel hochgezogen, um ein Zurück-zur-Natur oder ein Eigentumsgrundstück in der Montaigne-Forschung anzusteuern, fingen seine Lippen an, die *Grundlagen der Ungleichheit unter Menschen* vor Augen, ein wenig zu zittern. Denkend an einen Schub von verdrehter Possessivität. Und weil er das Eine formulierte, existierte dieses Zittern auch beim Lesen des Essays *Grundlagen der Gleichheit unter denselben*.

Impulsiv nahm er das Sitzkissen vom Stuhl, weil er – um auf etwas anderes zu kommen – in aller Offenheit etwas aussprechen wollte. Und Wattebäusche spielten dabei keine Rolle. Die konnten auch nicht den Schnee ersetzen, der an diesem einen Winter fast gänzlich fehlte. Auch dass es, so gesehen, bald zum Jahreswechsel kommen würde, gehörte nicht zu dem, was auf seinem Merkzettel stand.

Die Frage, die sich ihm blitzartig aufdrängte, war, ob er ein Wesen mit Selbstkontakt wäre, folglich ein Mensch des *Selfcontroll*? Hörte er jetzt effektiv auf sich selbst? Und was bedeutete das?

Es war in der Tat bald Neujahr und Reinhard hatte bei seinem ersten Neujahr in Wien ein *I'm feeling blue* tief in sich drinnen.

Er musste gleich zu Jahresbeginn für eine Prüfung eine Abhandlung über seine Intentionen beim Studium abliefern. Er schrieb Folgendes:

„Ein wesentlicher Teil von mir ist Maler.

Wenn ich in die Farbe gehe, überfallen mich diese Gedanken: Wenn ich ein Werk von mir betrachte, dann habe ich den Jetztzustand eines Prozesses vor Augen, der auf die Entstehung dieses Kunstwerkes zielte und der mit dieser sichtbaren Lösung abgeschlossen ist. Alles, was davor liegt, die Blickstrecke zwischen Einfall und Realisierung, ist in diesem Kunstwerk enthalten, aber für viele Betrachter nicht nachvollziehbar.

Was würde eigentlich geschehen, wenn da eine leere Leinwand wäre, wenn ich dadurch auf eine makellos weiße Papierfläche oder meinen Malgrund blicken würde? Wie käme die Idee aus dem Kopf auf diese Leinwand, aufs Papier?

Vielleicht würde ich einfach anfangen oder aber womöglich zögern, so, als ob ich eine unbezwingbare Berührungsangst überwinden müsste. Ich könnte natürlich irgendwo beginnen und hoffen, dass mir der, dass mir ein Zufall weiterhilft. Wenn das schiefgeht? Korrekturen wären eine Möglichkeit, die Wege zu multiplizieren.

Die Schriftsteller haben es also bei Korrekturen leichter, James Joyce hat zwischen und neben den bereits gedruckten Zeilen der Fahnenabzüge halbe Kapitel seines ‚Ulysses‘ neu formuliert, mit nachträglichen Veränderungen.

Für mich als Maler ist mein Malgrund, das handgeschöpfte feinste Papier, kostbar und somit wertvollste Inspiration, die zum Bildträger wird. Und ich verhalte mich geistig-seelisch ganz stark neutral zu diesem Werkstoff. Je nach der Mischung der Ursubstanzen ist die Grundierung heller oder dunkler, transparenter oder opaker, auf jeden Fall aber wird die Fläche atmosphärisch aufgeladen und es ist, als würde ich dann in die luftige Unendlichkeit hineinmalen.

Und das ist durchaus kein von malerischen Tatbeständen abgehobener Lyrismus, denn durch die unfassbar lichte und farbfrohe Aura dieses Bildträgers gewinnt die Malfläche eine unbestimmbare Tiefe, aus der die Farben nach vorn, auf mich Betrachter zu, sich bewegen, abgelöst vom Grund, auf dem sie schweben.

Die Art und Weise, wie ich dieses Material, mit dem ich Kunst entstehen lasse, präpariere, lässt den Schluss zu, dass die sorgfältige Zubereitung der Bildfläche als entscheidendes Vorspiel zum eigentlichen Schaffensprozess aufzufassen ist. In dieser Phase baut sich eine Beziehung auf zwischen mir und der Arena meines unmittelbar bevorstehenden Werkegestaltens.

Das grundierte Feld verhält sich nicht mehr neutral, durch die leichte Tönung liegt eine schwer bestimmbare Stimmung im Äther, die ich assoziativ einzukreisen versuche. Mit reinen und auch tiefen Empfindungen. Wenn ich in dieser Färbung drinnen bin, mische ich mich beim Malen nicht ein, komme nicht dazwischen, sondern folge nur meinen Empfindungen.

Malerei aus Empfindung teilt sich direkt mit, ohne den Umweg über die Abbildung, was allerdings nicht heißt, dass dieser Art von Malerei die Wirklichkeit abhandenkommt. Kunst und mein Gelebtes reflektieren meine Welterfahrung und sie ist schon deshalb in irgendeiner Weise immer gefärbt von der Wirklichkeit. Auch wenn sich die aus Farben und Formen entstandenen Bilder der Wirklichkeit nicht direkt auf einen wahrnehmbaren Gegenstand beziehen.

Was also, konkret, ich gerade darstelle, ist durchaus gegenständlich lesbar, vorausgesetzt, man sucht nicht das Falsche: Ich beschreibe nämlich nicht Dinge, sondern gebe das emotionale Erlebnis bei der Begegnung mit diesen Dingen wieder.

Fantasie lässt sich auch anders stimulieren, sie kann auf meine momentane Lebensstimmung reagieren oder auf eine Zukunftsvision, die mir im Kopf herumgeht.

Auch sind es Sätze, die mich beschäftigen. Wie der Jean Cocteaus: ,In der Kunst gibt es keine andere Ebene als die der Liebe' – ein Plädoyer gegen die kalte Perfektion und für das emotionale Meisterwerk.

Ein Kunstwerk, das seinen Ursprung hat in psychischer Erregung, besitzt aus der Empfindsamkeit des Künstlers gespeiste Energien, die sich übertragen auf den Betrachter. So mache ich Cocteau zu meinem Cicerone, der mich, wie einst Vergil Dante, bei meinen Erkundungen der realen und imaginären Wirklichkeit ständig begleitet – und der Gedanke verwandelt sich in ein Bild, welches aber besitzt, wovon der Gedanke nur träumt: eine eigene, eine eigenständige Wirklichkeit.

Wie jeder von uns."

Es wurde nachgefragt: „Was also konkret Sie gerade darstellen, ist durchaus gegenständlich lesbar, vorausgesetzt, man sucht nicht das Falsche – sie beschreiben nämlich nicht Dinge, sondern geben das emotionale Erlebnis bei der Begegnung mit diesen Dingen wieder?“

„Die meisten der fachmännischen und auch laizistischen Fragen stellen sich im Kompatibilitätsmodus des Umgangs mit Mitmenschen und Dingen; da sind Falschheit, Zwänge und Feigheit, welche die alles zermürbenden und zermarternden Gifte sind.“

War das kohärent und zu verstehen? Mit etwas fellinianisch angehauchtem Auge erkannte Reinhard: Malerei ist. Und er begann daran zu glauben, dass es tatsächlich sein Lebensauftrag war, Maler zu sein.

Doch das Interview ging weiter: „Sie arbeiten offenbar und studieren momentan akribisch viel, das ist gut, denke ich, aber konkret: Rote Balken kommen bei ihnen nicht vor.“

„Wenn ich bei dem bliebe, was ich zuletzt empfunden habe, dann wäre das Antworten für mich einfacher.“

„Ich habe verstanden: Sie versuchen, Ihr inneres Erleben, Ihre Resonanz bezüglich eines Triggers darzustellen, wobei Sie frei sind in der Wahl des Auslösers, jedenfalls geht es nicht darum, den Auslöser darzustellen, sondern Ihr inneres emotionales Abbild davon, das sich offenbar am ehesten in großteils Abstraktem ausdrückt und beim Betrachter wiederum eine innere Resonanz bewirkt, die mit dem ursprünglichen Auslöser nichts mehr zu tun haben muss.“

„Sollte ich jetzt versuchen, mir rote Balken für eine bestimmte emotionale Resonanz darauf vorstellen zu müssen, dann kommt mir das so vor, als würde ich eine

Fremdsprache lernen und gerade mal verstanden haben, was Milch und Brot heißt."

„Wie bitte?"

„Ich habe nur geschwafelt."

„Ah … und danke für das Gespräch."

Die Regeln waren es, die die Sach- und Fachgebiete und die hautengen glitschig-klebrigen Methoden aufrechterhielten und neue Wege und Mittel diskriminierten. Reinhards neue Etikette hatte also kämpferisch und kampflustig zu sein.

Dialog und Reflexionen. Leere weiße Leinwand.

Auch die Schiffe mussten, bevor sie zur Fischerei ausfuhren, mit den grundlegenden Dingen versorgt werden. Es war nur so, wenn man noch ohne Boot geblieben war, musste man sich erst eines besorgen; sowie die Fähigkeit erkaufen, sich als vollständigen Menschen zu akzeptieren.

Und weil der Aufzug zu den Obere-Etage-Lösungen mit Aussicht auf supervisuelle Alternativen nicht in Betrieb oder stecken geblieben war, nahm Reinhard die Treppe – und schnaubte dabei schwer.

Und dann auch noch diese Panikanfälle. Das war negativ. Nein, positiv: Kann sein, dass diese Zustände Reinhard in den anstehenden Prozessen schützten.

Vienna virtuosa?

Dann kam Vera. Er sah sie in einem Kaffeehaus, und sie setzte sich gleich zu ihm, ohne dass er etwas dazu hätte beitragen müssen. Sie erklärte ihm, dass die dünnen länglichen Streifen, in welche sie die Brotscheiben schnitt, Soldaten seien. „Und schau", sagte sie, während sie diese ins warme Gelbe des geköpften Eis eintauchte und dann wollüstig durch ihre wohlgeformten Lippen schob und mit ihrem Mund verschlang.

Er kannte sie bereits aus der Herkunftsheimatregion. Auch Vera wusste nicht so recht, wohin sie wollte. Sie pflegte aber emsig den Besuch des Reinhardt-Seminars.

Sie trafen sich des Öfteren unter den hohen Bäumen, abends. Die Stille und das Schrille der Erwartungen waren in diesen Stunden unterbrochen – und der Irrsinn der Lebensdreharbeiten auch. Es stand kein krasser Widerspruch in der Natürlichkeit der Angelegenheit im Raum. Bezaubernd. Vera erzählte Reinhard, sie habe eine Sprechrolle im Radio bekommen.

„Fein, dass du für mich Zeit hast", sagte sie.

„Du bist völlig in Ordnung", sagte er – und fein war's, wenn's draußen dunkel wurde.

Mit bedeutungsvoller Miene – weil doch zu dieser Zeit die Freiheit winkte und lockte – zog er durch Wien. Auch die Albertina war ein ganz gemütlicher Ort, wo er, mit weißem seidenem Handschutz, Dürers Hasen oder sein Rasenstück in den Händen halten durfte. Und auf ähnliche Weise verinnerlichte er auch viele andere Kostbarkeiten. Sie mit der Lupe betrachtend, also sie auf diese Weise studierend.

Am Morgen hatte das Leben nun immer einen erlesenen Geschmack, so wie in Veras Schaukelstuhl. Jeder Tag fing an, ohne an Bankbelege oder an anderes Ähnliches denken zu müssen. Manchmal war Veras Nummer besetzt.

„Ich fühle mich noch fremd in dieser Stadt", sagte sie beim Rückruf.

Fremdfühlen …

Ein neuer Tag begann, so war's ausgemacht, auf Schönbrunn. Und Reinhard spürte intuitiv, dass ein Schläfst-du-noch-Anruf keinen Sinn gehabt hätte. Die beiden standen sich für so was nicht nah genug. In Reinhard und Vera war nie ein Mein-ganzes-Leben-in-einer-Stunde-Gefühl emporgestiegen.

Nein, mit einem Schokoriegel in der linken Hand schaute er in zwei Lavendelsträucher zu seiner Rechten. Er spazierte durch den Schlosspark und ging zur Tram. Den Straßenbahnwagen empfand er in diesem Moment wie eine leichte, lichte, offene Plattform. Selbstverständlich kapiert: Es gab kein Herz in der Hose und Reinhard wollte kein Sein mit reserviertem nummeriertem Platz, sodass er dabei enttäuscht hätte sein müssen. Sehr wohl stellte er sich ein Leben vor, so als ob man einen Naturfilm drehte. Und so sah und empfand Reinhard Wien in diesem Moment plötzlich anders. Die Glorietten, Noten und Melodien, mit Ausrichtung auf neue kreative Kontrolle. Wobei im Straßenbahnwagen gerade alle Frauen in seine Richtung lächelten. Eine Revolution für Reinhard, die ihm vielleicht gar Lebenseinkäufe oder -einkünfte mit Parfumeffekt ermöglichen würde. Also hätte er in Wien gut sesshaft und mit dem Nötigsten bestens versorgt sein können. Reinhards Sein und neues Leben spektakulär virtuos? Jetzt in Wien?

Reinhard hatte sich – von der Familie ein bisschen angeklagt, aber auch in Loyalitätshaltung sich selbst gegenüber – freilich lange in einer Übergangsphase befunden. Darum bemüht, in dieser erfüllt und glücklich zu werden. Dass auch in Wien einiges für ihn noch so blieb, als ob irgendetwas nicht ganz stimmte, und sich nicht falsch, aber eigenartig anfühlte und mit dem Bisherigen nicht in Einklang, war bei den krassen Veränderungen und in dem Trouble des Übergangs verständlich. Vielleicht dachte, besser gesagt, fürchtete Reinhards Seele, er würde sich – mitunter – verlieren? Auf keinen Fall hätte es einen Sinn ergeben, hätte er sich in diese Zeit inbrünstig der neuen – wohl auch befreienden – Erfahrungen hineingedrängt. Andere redeten miteinander, er wartete. Dies las man an seiner Kopf-im-Nacken-und-tief-in-den-Schultern-Haltung ab, in der Meisterklasse in den Verhandlungspausen, wann auch immer Reinhard versuchte zu verstehen, wie es um ihn und was in ihm geschah.

Ganz viel Mund in der ersten Zeit also – und Schwimmbad der Emotionen, mit Beckenrand. Rand wie Rahmen oder Rahmengerüst als Grenze beziehungsweise Abgrenzung. Bis zur Vortestur vorerst – und erst dann weiter.

Bei den Lebenslernprozessen in dieser Zeit wusste Reinhard einen Messerstich der narzisstischen Befriedigung einzusetzen, der vorwiegend aus Liebesmangel durch Verletzungen in der Kindheit und dann aus weit größeren Teilen des Lebens Form angenommen hatte, den er als Verbündeten – immer in guter Absicht, würden so manche Begleiter sagen – sich in die Lektionen einschalten ließ. Um dadurch eine stabile Mischung aus Tragödie und Komödie im festhaftenden Gewesenen zum Schmelzen zu bringen.

Es war okay, dass Reinhards Vater ihn nie fragte, ob ihm das Studium gefiele. Aber dass er von Mutterseite her nie so richtig Kind sein durfte, war wirklich ein Problem. Rechtfertigungen dafür? Nein – er versprach, am Ende unwiderstehlich zu werden.

Reinhard nahm sich zumindest vor, dass er ab nun nie mehr wieder etwas verpassen würde – denkend, dass das, was bis dato in seinem Leben befriedigende Momente gebracht hatte, das Gefühl einer unausweichlichen Müdigkeit gewesen war. Eine absolut komplexe Situation, jedoch eine ohne auch nur ein einziges vorteilhaftes Ergebnis. Aber wie viele angestrebte Ziele! Ein paar davon astraler Natur, wenn auch ohne Kompetenz.

Hätte er die Größe des von ihm jetzt geliebten Österreichs versuchen sollen zurechtzurücken? Und keinen Fortschritt in seiner ganzen Verfassung und Lage anpeilen? Wegen der romantischen (Über-)Sensibilität? Wollte er nur eine schillernde Schablone auf der Suche nach Berühmtheit werden? Eine, die wahllos über den anderen lag? Über jenen, die auf glorreiche Wandlungen, Glückswendungen hofften oder von Überraschungen träumten?

Nein und wie auch immer. Wer sich überraschen lassen wollte, konnte bei Reinhard ein Band reicher Inspiration finden. Gewiss auch Menschlichkeit, zu jeder Zeit, in all seinen Jahren. Aber mit beinahe kaum einem Hauch großer Raffinesse.

Was tat Reinhard nun eigentlich an den Abenden? Vor Wien hatte er mehr oder weniger alle Abende mit seinen Bands verbracht – mit Auftritten oden den Proben. Die erste Zeit in Wien gab es Apfelstrudel mit Vanillesoße und Melange als Wiener Duftparfum und Geschmack, um der Erwartung eines eventuellen, tröstenden, aufmunternden Kusses zu dienen. Die blaue Wolke als Puffer unter den Rädern, um sein Auto somit höchstens bis zum nächsten altwienerischen Kaffeehaus den Zündstoff zu verleihen – am häufigsten wohin wohl? Ja, damals bis zum Café Central oder so.

Alles und Zeit waren relativ, wenn er stundenlang mit einem Mädchen zusammensaß. Nicht an alle Laster in erster Linie denkend, sondern der Muße nachrennend, die ihm Souveränität über seine Sentimentalität und sein Leben einflößen könnte – nach dem allseits bekannten Motto: „Es geht nicht um die zu wenige Zeit, die wir zum Leben haben, sondern darum, dass wir zu viel der diesen nicht nutzen!"

Reinhard war also grundsätzlich damit beschäftigt, seine Zukunftsforschung voranzutreiben. Wie beim Mäuseexperiment, bei dem es gelang, maximale Lebenszeit (also Wünsche und Träume und Vorstellungen und Etceteras) um passable mehrere Prozente aus-zu-dehnen!

Vor lauter Nachdenken und Nachgrübeln über solchen Unfug vergaß er gerne, dass neben diesen Bildern, die ihm im Kopf herumschwirrten, er sich auch den anderen – den zu malenden – hätte widmen sollen. Noch war er sich nicht so richtig darüber im Klaren, inwieweit er womöglich dabei war, sich ein (weiteres) Lebenseigentor zu schießen. Da schüttelte er meistens den Kopf, wandte sich zu den anderen, wenn welche da waren – bejahend, dass neue Wege zur Kultur sehr wohl dabei waren, sich vor ihm zu erkennen zu geben.

Wie kam er bei den Mädchen, bei den Frauen, eigentlich an, war er unterhaltsam? Und war ihm beides überhaupt äußerst wichtig? Man könnte an dieser Stelle und in seinem Alter um die Mitte zwanzig sich auch fragen, ob sich womöglich sein seelisches Panikattackengebrechen in das Thema Frauen fokussierte, da es sich lokalisieren ließe. Das ergäbe bei seiner Mutter angefangen (ja, dieser Archetyp) bis hin zu dem bisschen an Begegnungen mit Frauen etwas an Brisanz. Er, Seelensack der tiefen, großen Gefühle, hatte auch nie an Ursünde geglaubt, sodass er meinen müsste, er würde mit dieser Paniksache von Gotteshand persönlich – ja, das Ding „Angst" mit Herzflattern kam aus heiterem Himmel – bestraft werden. Das allererste Mal war passiert, als er, siehe da, sich im Auto an der siebenten Kehre zum Großglockner hoch befand, vom Kunsthappening bei seinem Meister in Grafenstein bei Klagenfurt kommend und im Kopf und im Herzen den Entschluss, nach Wien zu übersiedeln – aha.

Ach, die Liebe

Es verhielt sich so bei Reinhard, dass die Frauen ihm Respekt einflößten, egal ob es schöne waren oder weniger attraktive, ja, es war sogar so, dass jede Begegnung in ihm Stress auslöste, er panische Angst vor ihnen hatte. Schäden durch eine katholische Erziehung in ihm wütend und waltend groß hochzuspielen wäre vergeudete Mühe – und ein katholisch streng Praktizierender war er nicht. Es stieg bei der Begegnung mit einer Frau immer etwas in ihm hoch, bei dem man sagen könnte, es sei aus der Tiefe, aus den finsteren Gängen seiner Sippengeschichte Eigenartiges. Na ja, er war kein Ahnen- oder Sippenforscher, da wäre er ja massig fündig geworden, fürwahr.

Reinhard hatte auch die starke Neigung, Frauenaugen zu verfallen, die signalisierten, dass deren Besitzerin gerettet werden sollte beziehungsweise wollte oder, in seinen Augen, gar werden musste, ein Samaritersyndrom. Selten in der Lage, diesen auf der Straße zu begegnen, wären auch *nur* schöne Körper für Reinhard nicht leicht zu lieben gewesen. Wobei man sagte, dass jeder fähig sei, einen Körper – zumindest das – zu lieben. Mangel an Freude(n) würde auf krankhafte Beziehung(en) schließen lassen, zu allem. Nein, so etwas war es nicht, so gestört war er nicht. Eine Beilage zu einer großen Lebenslangeweile war es auch nicht. Denn Hunger hatte er schon, gar Durst – sich etwas zum Trinken zu holen, also zu nehmen, fiel ihm aber schwer. Für Reinhard konnte somit die Sehnsucht nach Liebe nicht befriedigt werden – demnach war die Liebe bei ihm weder Glück noch Leiden.

Bewusst war er sich darüber nicht. Er war aber dennoch durch und durch davon überzeugt, dass die Zweierbeziehung den Geist retten konnte. Ein Frauen-Nehmen, Frauen-Fallen-Lassen und darin eine Befriedigung zu (er) finden, kam bei ihm nicht im Geringsten infrage. Auch nicht das Ausschweifendleben, denn die Sehnsucht nach der erfüllenden Beziehung, also nach der großen Liebe war bei Reinhard eine konkrete und eine ganz große. Sich an dem Sein, der Existenz und Gegenwart des anderen – der Frau, die er sich wünschte und erträumte – zu erfreuen, war für ihn eine absolut existenzielle Sache.

Schön und gut, sein Herz schlug wie ein Uhrwerk und pochte. Der Schönheit der Liebe war er bedingungslos treu. Mit voller Bewunderung für Platon war dies gewiss ein Schlüssel, aber mit keiner der Annäherungen an und Begegnungen mit Frauen war er bis dahin zufrieden gewesen. Alles war dabei im katastrophalen Maße weniger als gar ein Bruchteil dessen, wovon er träumte – und weniger konnte für ihn nicht infrage kommen. Gab es für ihn Liebschaften auf den ersten Blick? Eile und Abweichungen? Kaum. Lieben, ohne es zu wissen, war der sensible Konflikt.

Reinhard, ein Liebesterrorist? Bevor er sich dessen überhaupt bewusst war? Wie viel Liebe vor der Ehe? Keine. Wie ohne Guerillabezug diese Frage kleiden? Eine Folge von astralen, anders gesagt, Sternenkonstellationsdissonanzen? Die Geschichte der Liebeseigenmordtat erzählen? Reinhards Freiheit? Reinhards Identität? Darauf zurückkommen? Vielleicht.

Ultraschall der Seele in Farbbildern? Passives Ziel einer Etappe? Ertragen oder entfliehen?

Werbung.

Den Hof machen.

Werbung.

Ach, die Liebe …

Ob es wichtig war, eine Blume zu pflücken (oder zu kaufen) und sich den fleischgewordenen Gott vorzustellen? In mancher Hinsicht ähnelten sich die beiden Dinge; im Zwiespalt befand sich dabei aber, mitunter und mutmaßlich, der Wunsch nach Autonomie. Also wenige, auch unwahrscheinliche Allüren.

Etwas aber hatte sich für Reinhard geändert: das Bewusstsein der Intensität, der Spaltung, und also darum die Angst davor, sich zu verletzen. Auch wenn er, vieles noch nicht kapierend, zunächst wie betäubt war; welchen Attraktionen hätte er ab nun nachgegeben? Nur den Unwiderstehlichen, versprach er.

Imstande gewesen zu sein, eine Seele zu reparieren, und die ganze Geschichte wäre für Reinhard perfekt gewesen. Also war *sie* bereits vorher schon depressiv? Oder wurde sie es erst nachher …?

Einen Nobelpreis gab es für die Liebe nicht – von manchen Höhepunkten, höchstens, blieb schon ein bisschen Erinnerung. Liebte Reinhard darum die Liebe? Oder liebte er – welche gewagte Vermutung – im Grunde nichts? Liebte er es zu lieben, weil man dann zu sterben hatte, also im Leben zumindest; die Liebe als kostenlose Beipackfreude? Klar wurde ihm irgendwann, dass das größte Problem für die Philosophie die Liebe war.

Fand Reinhard das Leben eigentlich lebenswert? War Glück, fragte er sich, nur ein glücklicher Zufall innerhalb der Liebe – oder mehr? Der Preis, in etwa, für den Sieg beim Der-Liebe-Hinterherlaufen, am Memorial zu Ehren aller je bei den Bemühungen um die Liebe gebrochenen Nerven?

Reinhard musste sich noch sehr oft bemühen, das „Ich bin so dumm!" in ein „Nein, du bist es nicht!" umzuwandeln, das er sich selbst am Morgen und dann in jüngster Zeit auch am Abend beim Zähneputzen vor dem Zubettgehen am Spiegel einflößte.

Hatte er von sich einen so schlechten Eindruck?

Hätte er jetzt davon weitere Komplexe kriegen sollen?

Umtriebe, Antriebe, Abtriebe und Auftriebe

Wien war ein schöner Ort. Der Föhn kam öfters aus den fernen Hängen mit der typischen Seelenschwere dahergeblasen und setzte auch Reinhards Gemüt mitunter recht zu. Ansonsten lag die Riesenstadt einfach da. Auf der faulen Haut, herrlich lethargisch.

Ausgesteckt war irgendwo immer, um darin bei einem Seidl oder zwei verweilen zu können. Langweilig fand Reinhard Wien nie, man musste sie halt mögen, diese irgendwie morbide Stadt. An den Wochenenden wollte er aber von der Melancholie, die in den Straßen und Gassen herumsabberte, so oft wie nur möglich davon. Auch wenn ihn pünktlich auf der Autobahn auf halber Strecke der Panikanfall überfiel.

Das Konsumieren von Wahrnehmungen und Empfindungen außergewöhnlich werden zu lassen, war etwas, das Reinhard innehatte, also das zu ihm gehörte – eingetaucht in eine recht bewundernswerte Fähigkeit zur Ausdauer, sich selbst zu ertragen: aus der emotionalen Sicht des Selbstverleumders, wie ein Säbelhieb an ein banales Stillleben, ein noch abstraktes, auf den Kopf gestelltes Bild, worauf ein Orchesterdirigent zu sehen ist, der, den gediegenen Solisten beistehend, das Stück erklärt. Reinhard hatte Material besorgt und welches bekommen.

Es war gerade November geworden; die Galerien, für die er sich zu interessieren begann, hatten ihr Programm fürs ganze darauffolgende Jahr bekannt gegeben. Ihr bevorzugt ausgestelltes Malereikonzept war zu dieser Zeit der abstrakte Expressionismus. Reinhard schaute sich einige Walter-Ruttmann-Filme an. Ohne viel Ahnung musste er sich mit der Metamorphose des Konzeptionellen beschäftigen – als wär's ein dicker Roman voller neuer Ideen.

Autobiografien. Theoretisches. Kritische Essays. Theorien über Ästhetik. Tatsächlich: Ein Studium dieser Art, genannt auch der Kunst, machte endlosen Ärger; beinhaltete Anstrengungen und Zwistigkeiten und Zwiespalt.

In einem doppelsprachigen Gebiet waren die Ärgernisse doppelte. Sie bewirkten, Reinhards Erfahrung nach, die er zwangsläufig noch mit sich herumschleppte, ein Spiel des Übertreibens von im Maßstab Kleineren, um am Ende der Anpassungen einen Teil des Besseren von sich selbst einzubüßen. Dazu das stetige wirre Rennen, um zu versuchen, das sozusagen gemeinsame Boot durch die Dürren und die Katastrophen der – auf den Zeitgeist bezogenen – Widersprüche zu retten. Natürlich, überlegte Reinhard, fanden sich solche Situationen auch in Wien, wahrscheinlich gab es sie ebenso in Rom, in New York oder auf dem Pompidou in Paris.

Eine Einzelgängeraktion anpeilen? Eine eigenwillige? Ein eigensinniges Dasein wie die damals besten jungen amerikanischen Künstler in ihrer Zurückgezogenheit in oder um Santa Fe, die sich ausschließlich – abgeschottet vom Rest der Welt – um ihren eigenen Kram scherten? Allein zu sein, fand Reinhard, war eine potente Quelle der Kreativität – für Menschen, die den Abstand zu anderen Personen und die Entfernung zu anderen als eine wesentliche Notwendigkeit frei wählten. Einsam zu sein, notgedrungen oder durch das Abgewiesenwerden, war das Gegenteil.

Albert Camus behauptete, dass Selbstmord für die Philosophie das einzige schwierige Problem sei. „Es ist also meine Entscheidung", dachte Reinhard, „ob mein Leben (mir) nützlich ist oder nicht" – mit dieser inneren Äußerung zunächst seine Fragen an die Philosophie beantwortend. Und auch beantwortend einige Fragen zu seiner damals aktuellen emotionalen Situation. Oder vor lauter Durcheinander dies auch nicht – und sein Befinden also nur etwas für die Ungeselligkeit mancher Psychologen.

Alleinsein war also Ressource? Das war der Weg des Lebens? Ganz ernst meinte Reinhard das nicht. Musste das Gewissen eingeschaltet werden, um ein Problem zu bemerken? Wäre ja nichts Neues. Absolut nicht.

War aber Reinhard von einem nicht offensichtlichen Schuldkomplex verfolgt, der ihn verantwortlich machte für Dinge, die unentwegt unweigerlich passierten? Keine(r) half ihn jemals dabei, das zu widerlegen. Die Verwundbarkeit lokalisiert, wird sie vielleicht da in Wien nun fein gehackt und entsorgt. Bello. Schön war er eigentlich schon, dieser Moment des Lebens.

Sein Professor der Meisterklasse rief Reinhard mit seiner *neuen* Uniform ermahnend zurück „in die Werkstatt". Oder wolle er lieber weiterhin wie Robinson sein? Einsam, in der Mitte der hohen See?

Warum sollte er sich dort in Wien jetzt auf Diebstahl von Ideen, auf kleine Möglichkeiten und Vorstellungen beschränken? Wenn doch das Leben voller Schätze in noch verschlossenen Schränken war, die nur darauf warteten, von ihm geöffnet zu werden, damit er sie auf dem großen Tisch seines Wirkens, auf seiner sozusagen ganz eigenen Werkbank ausbreiten konnte?

In der Ferne, am Horizont seiner neuen Zukunftsvision sah er die Proben und die Vorbereitungen der großen und funkelnden Varietéshow der Zukunft und das fein exquisite Restaurant gleich angeschlossen, dessen Eingang gerade aufgeschlossen wurde. Reinhard überlegte sich, anstatt des Arbeitsgewandes, der „Künstleruniform", einen Anzug zu tragen. Und ausgestiegen aus seiner Robinsonrolle trat er in einen Aufzug und drückte den Knopf nach oben. Allerdings kamen von da noch keine Töne. Hören konnte Reinhard zunächst nur seine eigenen Seufzer. Und mit dem Aufzug seiner Vorstellung fuhr er auf und ab. Er konnte aber, bei jeder Fahrt nach unten, noch nicht ganz die Befürchtung verbergen, dort (wieder) peinliche Überraschungen vorzufinden.

Aber er hatte eine neue Ziel- und Zeitvorstellung, die ihn sehen ließ, dass er mehr klein in einer Ecke hocken würde, sein Gesicht in die Knie gepresst, unter seiner Kopfbedeckung Sorgen über sein Werdenwollen aus der Stirn wegscheuchend. Er sagte sich: „So, jetzt gehst du", mit einem Programm über ästhetische Konstruktion unterm Arm – entschlossen! –, „ohne dich zu beeilen."

Reinhard war nicht rigoros und trudelte, bei jedem Aufenthalt auf der Akademie, am Morgen an der Portierloge vorbei. Höflich und freundlich begrüßten sie sich stets, Reinhard und der Portier. Er war in Reinhards Fantasie, in übertragener Vorstellung, der Oberkellner in seinem Restaurant am Horizont, der, mit ihm verbündet, ihm in seinem Aufstand beistand.

Reinhard spürte bereits, dass er seinen ehemaligen Platz im Leben abgegeben hatte. Es war schneller gegangen, als er gedacht hatte – er war ja erst seit ein paar Monaten hier. Er hatte alles getan, so gut er konnte, vielleicht besser als andere, zumal der überlegene Professor bereits ausgesprochen hatte, aus Reinhard könne wahrscheinlich, ja sehr wohl, eine positive Bestätigung werden.

Das Selbstmordproblem des Geistes hatte sich durch oder über dieses Hinblicken gelöst. Das der Liebe war noch zu beseitigen, da die Anwendung – die jeden Morgen und jede Nacht aktualisierte – noch ausblieb. Reinhard war jedenfalls, nein, auf alle Fälle am Leben und hielt sich am Leben (fest).

Vergnügen am Leben zu empfinden, hängt schon stark von der Liebe ab – und davon, wie sehr wir in der Lage sind, dem Gegenstand unserer Liebe genaue Konturen zu verleihen, indem wir uns auch fähig erweisen, Liebe zu geben! Eine Fähigkeit zum Alleinsein ist etwas Besonderes, wie manche sagen: fast so etwas wie etwas Wundersames – eine Fähigkeit, die, wenn sie alle hätten, die Welt zum Positiven verändern würde. Wäre diese Fähigkeit eine Quelle der Ruhe? Und die intensiven Gefühle, sowohl die positiven als auch freilich die negativen, tief in sich selbst ganz nach innen gerichtet? Somit keinen allgemeinen Schaden anrichtend.

Das schlechte, nebelige Wetter hatte Reinhard in eine Krise gebracht. Schön, dachte er, wäre es, wenn es zwei Sommer im Jahr gäbe – das würde ihn unsterblich machen. Arbeit und Studium: Nur so, meinte er, hätte sein Leben einen guten Schritt.

Dennoch verbrachte er nun sieben gute Monate in Folge, in denen er auch förmlich durch Teile Österreichs lief, wanderte. In Vorarlberg hatte er alte Freunde; in

Bludenz war er wegen eines Filmfestes. Dann das Zillertal. Kitzbühel, an sich eine wunderschöne Stadt damals. Nationalpark Hohe Tauern. Reinhard machte einen Abstecher ins Stubaier Tal, wohin er als ganz junger Mann bereits einmal zum Gletscher gebracht worden war.

Europa, fand Reinhard, war ein feines Land. Italien fand er sehr schön und man konnte dort gut essen. Man konnte dort besser und lockerer trinken – und es gab eine ungeheuerliche Religion.

Die ganze Welt litt unter Mangel an Bewegung. Beweglichkeit. Bewegung war beim Menschen wohl beinahe alles. „Setze ich mich, komme ich zum Stillstand", so dachte Reinhard.

Alle Ergebnisse bisher waren doch klare und robuste. Prognosen, Trends und Muster, Tatsachen … waren aber noch Dinge der Zukunft. Also noch Ungleichgewicht? Diese scheinbare Diskrepanz führte bei Reinhard zu emsiger Tätigkeit. Die Metamorphose hatte ja bereits begonnen. Das Im-Herzen-meine-Grenzen-Sprengen versprach auf jeden Fall ungezügelte Belohnung, wenn er den Geist einsetzen würde. „Gegen das Begehren sind wir alle machtlos."

Schutzwände im Kern seines Wesens, um Schäden der Unerfahrenheit abzuwehren, der er bis dahin ausgesetzt war, hatte er bereits aufzustellen begonnen. „Die Grenzen, die wir aufbauen, sind es, die uns am Leben halten – wenn auch zusätzlich der Blutdruck, die hormonelle Verteilung und andere solche organischen Et-ceteras."

Das Wie-werde-ich-schön und das Wie-bleibe-ich-wo können beide sich nicht, ohne die Wendungen des Gehirns hinzuzunehmen, vorgestellt werden und geschehen. Dann musste sich das Selbst mit den dünnsten

Exemplaren der Mitmenschen, bewusst oder unbewusst, konfrontieren. Ohne ein Mich-schlecht-Fühlen geschehen – beziehungsweise gelingen.

Furchen im Lebensausdruck, auch in dem des Gesichts, sowie Schlaflosigkeit oder der Mangel an Geld sind keine Zeichen von Lebenserfahrung, sondern nur Probleme. Welche nachhaltig beseitigt werden sollen – mithilfe von Skalpellen für kosmetische Lebensnormalität.

Reinhard war jetzt im österreichischen Land der Dichter und Denker – körperliche Schönheit war in dieser Zeit (noch) nicht mit Authentizität gleichgesetzt. Jetzt konnte er aber vielleicht davon ausgehen, dass sein Umgang in den höheren Foren dort in Wien – das nahm Reinhard sich fest vor – nicht wieder zum Stillstand zu bringen war. Ein kurzes Aufblitzen seines früheren banalen Schnell-borniert-Seins genügte – weil dies sichtbar war –, damit ihn die Herren, die ihn unterrichteten, zum Achtgeben ermahnten. Lernen musste er in dieser Zeit, dass sich der Expressionismus jeder Philosophie, auch der der Krisen, anpasste, na gut. Und dass Duchamp die Malerei verließ, um Pop-Art zu schaffen … dann Konzeptuelles und folglich willkürliche Kunst. Die Kunst, eine Welt im Aufschwung?

Die Strategien der Kunst, die wiederkehrende Geburt der Kunst, der Tod der Kunst?

Die künstliche Welt der Kunst.

Selbstmord der Kunst, mit Duchamp begangen?

Was hatte es für einen Sinn, nach Picasso noch Kunst zu machen? Oder Malerei nach Picasso?

Glücklich war nur Beuys. Bevor er ein Guru wurde. Alles übersetzte *Pilgerung*. Oder komplexe Pilgerfahrt.

Reinhard erkannte, dass, wenn eine Tür geöffnet wurde, eine Zukunft nicht auszuschließen war. Er sah gefeierte kreative Aktivitäten oder Tätigkeiten, bei denen jeder Schritt – zum Mobilisieren der intelligenten Materie, der endlichen und auch der unendlichen – akribisch getan und bewusst gesetzt wurde. Solche Schritte erleichterten das Leben mehr als das Edelmetall der vermeintlichen Galerien der Wunder – in der Tat nur ein fortwährender, wenn auch für viele brauchbarer, blau transparenter Vorschlag. Der aber auch eine reinigende Wirkung zuließ, eine mit männlich-physiologischem pH-Wert.

Jeder muss schwitzen.

Jeder ist Künstler.

„Was, wenn ich dir sage", sprach Reinhard des Öfteren zu sich selbst, „dass du dein Problem erst dann lösen kannst, wenn du die Fragestellung kennst?"

Welches Problem aber … nun wirklich?

„Natürlich", sagte er, „erkenne ich Probleme! Wo ich dann Schritte tun muss, um zu lösen, was an diesen so besonders hartnäckig haftet. Damit ich mich dann dem Leben – meinem Leben – nähern kann. Damit meine Welt süßer und glücklicher wird und sich somit in die Welt meiner Träume verwandelt."

Jahrelang hatte Reinhard die stillen Gemälde des Malers Giorgio Morandi bewundert. Eine isolierte Erfahrung. In dessen Wohnung, in einer schmalen Gasse gelegen, wurde dieser nur selten besucht, von einfachen kleinen Leuten. Aber in den letzten Tagen seines Lebens wurde die Gasse Anlass für wahre Pilgerreisen eminenter Persönlichkeiten. Kierkegaard sagte: „Ich kam plötzlich drauf, dass ich ein Dichter war." Diese Erkenntnis machte ihn zum unglücklichsten Menschen der Welt.

Das Leben bestand also aus (von ihrer Art her unterschiedlichen) Momenten. Wenn wir diese Momente in glückliche (!) Sequenzen umwandelten, hätten wir ein Leben in Glück. Reinhard war aber ein Pilger, demnach im Geiste noch unterwegs. In keiner Ordnung seines Bewusstseins – falls es so etwas gab – erkannte er aber Probleme, mit denen es gerade ein Gutes war, zu kämpfen: Da waren nur Ordnung und Erinnerungen an Vorfahren.

Wenn er sein Leben mit emotionaler Weisheit ausrichten würde, fand er, hätte die Rolle seines Bewusstseins kein enormes Potenzial.

„Moment, Moment … du scheinst die Lehre über die Rolle des Bewusstseins völlig zu überschätzen", sagte Reinhards inneres Stimmchen, „aber du musst mir nicht glauben, und ich werde dich selbstverständlich informieren, falls da was anderes dran sein wird …"

Intermezzo:

Ein Wohn- und Arbeitszimmer ist nun aber mein Eigen, im ersten Stock, eines mit dürrem, trockenem Lampenlicht. Die unmittelbar zu erreichende Natur macht diesen Ort des kreativen Transits noch nicht zu einem leichteren.

Du („…"?) birgst vielleicht wunderbare Überraschungen, soweit der Wind es schafft, die Nachricht beziehungsweise die Botschaft zu verbreiten. Und so gesehen hätte mir gerade ein Denken in Gemeinschaft, ein Gemeinsames, gefallen.

Duft einer Blume.

Eierschwammerl.

Saubere, innere Räume suchen, wenn der Abend fällt und dann der eisige Morgen auch wieder steigt.

Kuchen zum Frühstück. Homogene Mischung, alles. Zum Eierbrechen und -servieren, schön warm.

Spontane und bewusste Wahl oder Entscheidungen gefragt. Jetzt.

Ausstellung mit Sicht auf die Realität?

Und für die Eröffnung dieser Eintritt bezahlen?

In der Synthese reicht's, dass es sie gibt.

Obsessiver Gedanke, dieser.

Kontext von ein paar Tagen.

Sechster Sinn.

Ein Meisterwerk, die glückliche Hand zu offenbaren.

Wie viel Presse würde folgen?

Nichts zeigt aber intime Details.

Kleinanzeigen.

Kontrast.

Wenige und auch unwahrscheinliche Allüren.

Alles in mir war noch von auffallender, ja plakativer Hygiene.

Andere Zutaten also!

Und nach interessanten Gerichten suchen.

Das zunächst mit wenig Erfolg.

Neue Küchenzeilen jedenfalls.

Zum Überraschen (vielleicht nur mich selbst) – um jeden Preis.

Neue Räume

Schweißausbrüche beruhten auf affektiver Erregung. Reinhard spürte eine gewisse Notwendigkeit, eine neue Lebenseinstellung zu erreichen, ein Set-up also – um in eine überzeugende Situation zu gelangen, eine, die er auch möglichst konsequent einzuhalten imstande war.

Das rief nach einem benutzerdefinierten Plan, einem mit mitunter restriktiven Maßnahmen, um das Gewesene im entscheidenden Maße aufgeben zu müssen. Der Blutdruck war weiterhin normal – also neue geistige Freiräume erschaffen! Es musste nicht gleich drastisch geschehen, aber es musste geschehen.

Reinhard meinte, es könnten ihm Rollenspiele helfen, die er sich selbst täglich ausdachte. Um neue Persönlichkeitszüge und seinen Umgang mit anderen Menschen zu trainieren. Um sich von niemandem mehr tiefe Falten und rote Linien in sein Gesicht ziehen zu lassen. Denn seine Sorgen waren bereits optisch sichtbar geworden. Auch sein Haar war dünn, trocken und brüchig geworden und die schönen Augen hatten einen ledrigen Ausdruck bekommen.

„Hey, Reinhard, in die Schlacht gehen!", schallte es von hinten.

Reinhard wollte nicht mehr über die Vergangenheit nachdenken oder sprechen. Es war besser, sie zu streichen, sie jedenfalls nicht (mehr) zu streicheln. Jetzt endlich war es Zeit, das Wienprojekt ordentlich anzugehen. Es war nicht so, dass es einen Tisch brauchte, um das

Deckblatt des Projektvorschlags zu unterbreiten: Es war und blieb die Zensur um den Identifikationsprozess, von dem er hoffte, dass er in Wien zu einem guten Ziel geführt werden konnte.

Eine Form der Selbstkontrolle war jedenfalls unbedingt nötig. Vielleicht als Erstes eine familiäre Versöhnung angehen? Sollte er mit seiner Mutter sprechen? Zerbrechlich war sie, eine Frau, die in keiner Lebenslage fähig war, die Wärme von Genuss und Freude zu versprühen – geschweige denn Reinhard in seinem gewagten Schritt zu verstehen.

Er benutzte also die mobile Wanderschule mit ihrem Medium Feder. Ja, damals schrieb man Briefe, PCs gab es noch nicht. Und in den Lehren über die Verwendung der Schreibfeder gab es eine Menge Freiheit. Er schrieb oft nach Hause. Seine Briefe waren nicht von tiefem Geist erfüllt, er teilte nichts Akademisches mit. Er schrieb spontan. Doch er teilte zu Hause nicht mit, was er vorhatte. Er sagte sich: „Ich muss es selbst schaffen. Und jetzt ist der Zeitpunkt, es zu probieren. Ich tue es und sehe dann, wie es geht; um mich nicht nur auf eine Illusion darüber zu beschränken, dass ich einmal einen guten Job, auch etwas Gutes machen könnte!"

Er kaufte sich ein anthrazit-schwarzen leinenen Anzug. Und nahm – mit zwei seiner Kollegen – an einem kleinen Geschäftsessen mit einem Galeristen teil, der immer auf der Suche nach jungen Talenten war.

Hinter einer Maske waren sie, die drei, also fiktive Charakterfiguren, dazu bereit, ein Spiel zu spielen, so zu tun, als würden sie dazugehören. Das war für Reinhard pures Abenteuer. Das erste dieser Mappen-Stifte-und-Papierrollen-und-so-weiter-Spiele von vielen, die später noch folgen würden. Und er dann in Kunst umsetzen würde.

Die Freude daran, Rollen in einem neuen Theater zu leben, diese dann in Bilder zu übersetzen, sich hineinprojizierend, ist so alt wie die Malerei selbst. Man denke an die Höhlenbilder, mit ihrem bildgewordenen Wunsch, hinter der Maske hervor auf – auch existenzielle – Möglichkeiten zu blicken. Vom antiken Griechenland über das Römische Reich durch die Zeit des Mittelalters bis zum Jetzt-Heute … ein bunt gemalter Karneval, genannt Kunstgeschichte. Die Reinhard jetzt begann zu verstehen. Handzuhaben.

Wir alle haben Dutzende Talente, aber wir müssen uns davon verabschieden, wenn man uns zwingt, uns für ein (fremd-)*bestimmtes* Leben zu entscheiden und mit Masken und Verkleidungen jemand anderes zu sein. Ohne dagegenzusprechen. Eigentlich hat die Vernunft die Menschen nie wirklich glauben lassen, dass, wenn man nur genügend hinschaut, von der Kunst Heilendes ausgehen kann. Aber nachdem Reinhard verstanden hatte, dass er durch verschiedene gespielte Charaktere die Seiten, die er in sich hatte, auch zeigen konnte, schlüpfte er auf der Akademie als Rollenspieler in seine künstlerische Leistung.

Nur abseits der geschützten Studienarena, in der Schwere des Alltags, machte eine Maske nichts einfacher, da zählte es, Charaktereigenschaften an den Tag zu legen, die hilfreich waren, zu verstehen, was man wirklich haben wollte. Drei – plus sieben weitere – Gebotstafeln, damit Reinhard sich als Magierallmächtigmann ausgeben könnte? Er hatte keine größenwahnsinnigen Neigungen. Höhere Ziele – davon, na gut, träumte er schon.

Während er in den Räumen der Meisterklasse, wo er seinen festen Arbeitsplatz und Tisch hatte, also so gekleidet war, sah man ihn ganz anders antanzen in der Arena des Aktzeichnens und wieder anders dort, wo es um die Farblehre ging, oder in den Stunden um die angewandte Kunst, des Goldenen Schnittes, die Gestaltung … et cetera.

Und Reinhard, in seiner Rolle, klatschte, wenn die jeweilige Aufgabe fertig war, ein „Wirklich ausgezeichnet!" äußernd, auf den Tisch. Oft auch auf Englisch. Die Verstärkung seines Tuns und Lernens gelang besser, wenn er sich dieses Lob später von anderen ausgerufen vorstellte.

Im Speisesaal, in der Mensa der Akademie, gingen immer zwei der großen Lords umher, zwei Professoren, gekleidet damals meist in Pullundern, um lockere Tischgespräche zu führen. Flüchtige Worte wie unter alten Bekannten, nicht ohne die Absicht, das Notwendige oder das Interessante an den simplen Beobachtungen zu fixieren. Bei diesem Austausch war auch Gelegenheit, über intime Dinge zu sprechen. Und auch das diente als gute Lektion. Das war für Reinhard, als ob er wie ein Kind in sich selbst nachfühlte, das nur er vorher von sich gekannt hatte. Mit dem unzweifelhaften Versuch, hier so sehr Klartext zu sprechen wie nur möglich. In der Regel, um sich in diese Welt, die keine imaginäre mehr war, nun regelrecht hineinzustürzen. Kopf- und auch Herzsprung.

Im Akademiekontext nahmen nicht alle Gruppen von Spielern am selben Rollenspiel teil: Städtebauer, die aus alten Vorhängen Bühnenbilder zauberten; Badezimmereinrichter, Kreaturen in der Goldschmiedeklasse; der ganze Cirque du Soleil der talentierten gehobenen Kreativität, zum untereinander Austauschen verfügbar: alle, so wie sie waren, rund um die Uhr in ihrer eigenen Verkleidung bleibend, in der Rolle, die sie gewählt hatten. Welch eine lebenswichtige Mischung aus kunsttheatralischer Improvisation – und sehr wohl Genialität! Die Teilnehmer für die Eroberung von Einfallsreichtum von nah und fern – also auch aus unterschiedlichen Ländern – hierhergereist.

Reinhard war bestimmt nicht an diesen Ort im Geiste und de facto hierher übersiedelt, um Bildchen- und Bildermalen zu lernen oder um *nur* zu begreifen, wie man bessere – ästhetisch bessere, weil akademische – Häuser am Reißbrett komponierte. Nein. Man präsentierte Situationen und Konflikte, die kulturell-landschaftlich reizvoll und von Bedeutung waren.

So kam zum Beispiel einmal jemand in die Lektion, um seine kulturkontroverse Vorstellung innerhalb der Studentenfamilie vorzutragen, seine abweichenden und neuen Rollenvorstellungen der Gruppe mitzuteilen, damit es mit den anderen Studierenden dann ein Protokoll, einen Text, ein Manifest ergab. Darin als Ergebnis nur das Thema der Austauscherfahrung um die Frage: Was würden Sie, wenn Sie diese Person wären, denken? Wie würden Sie reagieren?

Und so wurden alle einfühlsam. Und Reinhard verstand die anderen, durch die erworbene Fähigkeit des besseren kreativen Aufnehmens. Er fragte daher auch immer wieder sein Herz, in welchem Labyrinth seine Leidenschaften sich noch befänden. Er wollte immer mehr wissen, wer er war.

Eine erste Blockade, wusste er jetzt, fand er zunächst in seinen flüchtigen Gedanken, die ihn sich selbst fragen ließen: Bin ich unecht beziehungsweise künstlich? Bin ich, während ich hier erst anfange, ohne es zu merken, bereits am Ende? Tue ich alles, was ich mache, nur so, als ob? Gewiss und so hingestellt ist dies auch nur das allgemeine irdische und universell-kosmische Dilemma. Wenngleich sowohl Vergangenheit als auch Zukunft sich tarnen können, verborgen in einem Triumph von Blau und Grün beim Eintauchen in bunte Kissen; und alles von einer klassischen Kuppel überragt. Aber für Reinhard war es nun mal ein besonderer Moment mit Aussicht und Perspektive auf neue Innen-, Frei- beziehungsweise Lebensräume. Die Polemiken, die strittigen und streitlustigen, hatten ihn ja bisher zu keinen Gewissheiten geführt. Es war aber ein Sinn praktischer Natur des Geduldhabens zutage gekommen.

Und der Ehrgeiz mitsamt dem Willen gab in den Diskussionen – auch wenn noch beladen mit erheblicher Nervosität – sehr gut acht, um ihm dabei zu helfen, Risse, die er vorher ohne große Bildung abenteuerlich salopp seinem Leben und Sein zugefügt hatte, wieder zu kitten. Reinhard konnte durch das Rollenspielen beginnen, einige seiner inneren Bilder zu verändern.

Eine von außen gesehene Situation, eine dissoziiert dann wahrgenommene und angegangene, erleichterte ihm das Ausprobieren von Neuem. Und auch das Bemerken, wie es sehr wohl sich in die Zukunft einmischte und die unmittelbare bereits zu verändern schaffte. Repertoires und Rollen lernen und dadurch zu lernen, flexibler mit den anderen zu sein. Reinhard beschwerte sich nicht, auch wenn das alles noch manchmal mit ein wenig Konfliktcharakter geschah.

Tatsache war, dass in seinem Leben vieles besser wurde. Und Reinhard konnte sich keine Rückkehr mehr zum alten Modell vorstellen. Im Wesentlichen war er fest überzeugt davon.

Aber mit dem Tempomachen ließ er sich noch Zeit. „Warte nicht auf mich", flüsterte das in ihm wohnende Talent, „ich bin da und werde im passenden Moment zum Tragen kommen ..."

Im Studium gehorsam, übernahm Reinhard die Führung – lockerer aber jetzt – über sich selbst. Und Schritt für Schritt erfuhr er, wie man des Einfallsreichtums, der Schwächen, der Launen Herr wurde. Wie man sie transzendierte. Und wie, mit Sicht auf die bisher auf Erden von ihm verbrachten Zeiten, man sie nicht mehr verschwendete. Und es schien ihm auch so, als ob nun ziemlich alles, völlig ohne verbissen zu kämpfen, gelingen könnte. Und tatsächlich begann er sich auch körperlich zu wandeln: die Haut, die Haare, die Haltung. Der Gesichtsausdruck nicht mehr so verbissen, die Züge entspannter.

Die Möglichkeit eines kleinen Ankaufs verleitete Reinhard zuweilen dazu, eine dieser stinklangweiligen Einladungen, die in Abständen eintrafen, anzunehmen. Oft geschah dies an einem Sonntag. An so einem Tag ließ man sich zu fast allem verleiten. Auch weil sich die Kritiker in den Feuilletons der ausgehängten Sonntagszeitungen normalerweise nicht gerade überschlagen. Frühherbst war es auch. Das immer wieder. Immer aufs Neue also eine weiße Leinwand aufspannen, und darauf – ohne Radar – wie auf einem Flugzeugträger landen. Tiefer (landen) als im Verstand und mit Gefühl.

Und so beruhigte man sich, seiner eigenen Stimme lauschend. Und den Geräuschen des Körpers. Und man konnte dabei Fantasie und Konstruktion erkennen. Man konnte damit kein Siechtum aufhalten (sagte man sich), aber stetig authentischere Entscheidungen und Selbstkontrolle anpeilen. Und man hörte in eine Pause hinein.

Gerüste, Decken und Wochenenden waren lediglich Modelle, die bei ihrer Betrachtung zu Denkansätzen verhalfen. Es wäre kein Verlust also für ihn gewesen, hätte er das Zimmer jetzt verlassen. Buona domenica. Das Feuilleton legte er weg und bat im Geiste um eine Dosis Serotonin. Dieser war aber kein groß kreativer Glücksfall beim Sich-in-seinen-eigenen-Drachenschwanz-Beißen.

Natürlich war Reinhard unbekannt, und in Bezug auf Bekanntheit gab es an ihm noch nichts, das man hätte schmecken sollen. Er hatte meistens einen Ellbogen auf dem Tisch und sein Gesicht so nah wie möglich an etwas, woraus er über Weisheit in der Kunst oder Weisheit durch Kunst lesen und somit erfahren konnte.

Hätte Reinhard seinen Freund – zu dem er ab und zu natürlich immer noch hinfuhr – nicht gekannt, hätte es in diesem seinen inneren Zustand damals auch einfach jemand aus der Akademie sein können, der durch die Tür mit einem freundlichen und grünen Blick eintrat und an den er sich sofort gewöhnt hätte. In einer Art grünfarbener beziehungsweise bunter Überzeugung ausgedrückt, weil es Reinhard so streng lag zu versuchen, der Notwendigkeit zu sozialen Bindungen zwischen Gleichgesinnten verhelfend richtig und selbst eine solche zu sein.

Eine solche, die mit der Zeit gemeinsam zu einem Sieg geführt hätte. Denn das ganze Tun und Leben handelte ja vom Siegen. So und nicht anders und mit diesen Gefühlen und Vorstellungen suchte er sich seine Kollegen aus.

Reinhard ging es in solchen Momenten nur um ihm dienliche Mitmenschen, die ihm den Weg nach New York zeigen konnten. Und er war zusätzlich davon überzeugt, dass das Pflegen solcher Liaisonen bestimmt ein zentraler Ausgangspunkt war. Solche Begegnungen fand Reinhard schön, keine seltsam, keine zu verachten, keine missverständlich; schön, hässlich, offen, geschlossen, freundlich, weich, alt und so, aber Hauptsache nicht dagegen gestimmt.

War er damals einem extremen Narzissmus verfallen? Gegebenenfalls hatte er ... besondere Verhaltens- und Denkweisen. Stark ausgeprägt pathologisch, wie es Prominenten zugeschrieben wurde? Nein, einer, der überzeugt war, dass man in sich selbst verliebt sein musste, wenn man etwas erreichen wollte.

Welche Ergebnisse lagen folglich für Reinhard auf der Hand?

Beim Studium eine leichte Zunahme der Grauzellenmigration hin zu etwas Eitelkeit, die ihn dann weiter mitschleppte in den anstehenden wesentlichen Beziehungen. Das war leicht zu erklären. Aber nichts lieferte groß Anlass zu vermuten, dass an seinem (Lebens-)Unternehmen etwas nicht stimmte. Er hätte vielleicht anfangen müssen, sich mächtig zu fühlen, weil es Schutz bieten konnte. Wie aber konnte man das üben? Woher ein Gefühl von Macht bekommen?

Woran erinnerte er sich jetzt? Gesundheit? Familie? Arbeit, Musik und Geist? Ohne ein bewusstes Dasein, also eine bewusste Existenz, war das alles im Grunde nichts. Vielleicht Gewissen? Ohne Gewissen allerdings konnte man nicht lieben, auch nicht seine Arbeit oder, ja, auch nicht sein Lieblingskaffeehaus.

Hätte Reinhard ein wenig seiner Zeit mit neuen Hobbys verbringen sollen? Entfremdung durch Hobbys und dadurch sich auf diese stürzen? Nein, aber es war höchste Zeit, dass Reinhard es schaffte, nett zu sich selbst zu sein, wie ein gewöhnliches Recht, ohne dass dieses eine Vertretung durch Hobbys benötigt hätte. Durch ein Sichentfernen, Entfremden eigentlich, hinein in eine Undankbarkeit sich selbst gegenüber.

Bei welchem Projekt hätte er also mit sich gut sein können? Noch war ihm ziemlich vieles verdächtig. Kein Arbeitsmarkt bot den Kunstakademikern Karrierechancen. Da gab es auch keine Empfehlungen für bessere Berufsaussichten zu holen. Wobei wiederum das Sichfür-die-Kultur-Entscheiden als Berufswahl salopp im Umfeld allgemein als natürlich selbstverständlich und normal erachtet wurde.

Wenn auch eine Situation, die anzuhören sich etwas seltsam anfühlte, war dieses neue Leben möglich. Und die Vorstellungen daran, die sich in Reinhard ausbreiteten, versetzten ihn in eine Art inneren Frieden. Weggedrängt die vorherigen unaufhörlichen Bedenken (und Anschuldigungen); so konnte es passieren, dass er sich selbst immer mehr ermutigte, seine Vorstellung zu erkennen, auf dem Weg, den er jetzt eingeschlagen hatte, um die totale Freiheit zu erlangen.

Das bedeutete, dass Reinhard – in einer Dankbarkeit, wie sie Kinder eigen ist – Wissenswärme, Geselligkeit, seine Zimmer, Bücher, seine guten, wenn auch manchmal übertriebenen Ideen, seine Fragen et cetera … ohne Bedingungen durch ein Leben wie in einem Schloss des Luxus (zumindest ein wenig), wenn auch durch etwas harte Arbeit, künftig gestreichelt, gehätschelt und gepflegt hätte. Bei den Gesprächen mit allen, aber auch in den Tempeln, die er bis dahin noch nie besucht hatte, und auch in der Fabrik der Träume und Visionen, die er nie mehr gestoppt hätte. Wo man mit einem Ticket wie für das Theater reinkommt und wo (wie er allzu gerne sage) „ich dich da mit reinnehme" – in diese seltsam gut schmeckende Suppe des Wir-gehören-zusammen wobei Reinhard sich auch mit seinen Fingern die Ich-tue-ab-nun-alles-für-richtig-gute-Freunde-Nummer in die Tastatur bereits tippen sah.

Staccato:

Ich zum Beispiel: Ich wollte immer, weil ich nicht wie andere tun kann, alles an Freundlichkeit beobachten, was von Wert schien.

Es lernen und hoffen, dass es bequem sei zu bedienen, obwohl dies immer ein schwieriger Weg ist.

Und wenn – dachte ich manchmal – die Kraft mir nicht ausreicht? Muss ich dann aufgeben … ganz?

Geschmack, Gewohnheit und Moral der genannt „breiten Öffentlichkeit" dann wieder annehmen?

Vor wenigen Absätzen ging es noch um Macht üben (lernen) – kommt von links seitlich eine Stimme.

Oder würdest du es vorziehen zu denken, dies alles sei jetzt nur mehr eine Frage des Glaubens? Starke Menschen sind auch zart und schwach, legen dennoch ihre Größe mit dem Stempel ihres offenen Gesichts an den Tag.

Mit ihrem Leben in Toleranz.

Als Erstes die gegenüber sich selbst.

Es ist nicht leicht, gewisse Dinge in Worte zu fassen. Und den Absurditäten des Lebens eine Bedeutung zuzuschreiben.

Und trotz der aktuellen guten Versorgung – die effektive reale oder die mutmaßliche – hat man eine befristete Zeit, und diesbezüglich keine Verträge, die eine entscheidende Rolle spielen.

Auch wenn diese offenbar als für die wirtschaftliche Erholung unabdingbar (uns allen) verkauft wird als eine von narzisstischen Forschern erfundene prosperierende Wirtschaft und diese in eine generalisierte Angststörung gemeißelt oder gebrannt wird.

Eine, die mit minimalistischem intellektuellem Quotienten genährt. Immer dem höchsten Besorgnislevel zugeteilt.

Man verwechsle Bewusstsein nicht mit dem Verstand.

Man achte auf seine innere Glühbirne, mitunter nennt diese sich Intuition ... oder gar Seele ... oder für andere Heiliger Geist. Ja.

Und ja eben gerade vorhin ging es auch um Rollenspiele – und nicht (nur) um die ganz eigene Wesensidentität.

Auch ging es darum, dass die Förderung der gegenseitigen Unterstützung das Lernen eines Über-Blicks über Situationen fördert.

Des Überblicks, der dann das Interagieren bei den Beziehungssachen, diese testend, übernimmt und zum Erweitern unserer sozialen Fähigkeit führt.

Denn diese ist wiederum dann der Motor, der zum Erfolg führt. Wie die Glühbirne an der Tür nach oben.

Oder auch nicht.

Ganz habe ich nicht die Fähigkeit, diesen letzten Sinn mit meinem Geist zu begreifen.

Ich bin aber bereit, dem zu dienen.

Wenn ich mich opfere.

Und all dies – weißt du? – ist die Stimme eines Gefühls, das in mir hochsteigt, wenn ich wach bin.

Es reflektiert im Grunde und im Endeffekt nur die Bewusstwerdung, dass ich auch einen schwachen Geist haben könnte, der (nur) zur Verwirrung führt.

Eine vermeintliche große Intelligenz mit ihren minimalen sowie ihren höheren Ebenen ist nun mal auch mit einer solchen Besorgnis verbunden. Je nachdem.

Thema Stoffwechsel und Angststörungen gilt für schier jeden.

Und jede sind die, die jede Frage mit einer Gegenfragenfrage quittieren.

„Neuankömmling" wurde Reinhard in der Meisterklasse – eine längere Zeit – genannt, der, anstatt nach eingesessenen Prinzipien zu handeln, tagelang auf seinen Balkonen – die gar nicht waren – Schafe auf der Straße, als wären sie auf Wiesen verloren, sah. Das war ein nächtlicher Albtraum gewesen, der ihm sagen wollte, er solle sich nun trauen, die neuen Bilder für sein Leben zu bestimmen. Während dieses Vorbereitungsprozesses. Solche, die Lösungen im Perspektivenwechsel einfließen lassen würden. Solche, die ihm ermöglichen würden, sein Leben und Sein tiefer genießen zu können. Um auch Leben, Familie, Freunde (hatte er eigentlich eine richtige Beziehung zur Welt und den anderen?) und Körper, Geist und Seele durch das, was er tat, zu erfreuen.

Einer mit einem erwachten Bewusstsein in sich ist wie ein Sonnenuntergang ganz Tun und Stille. Und für sein Umfeld im Vergleich zu den anderen Dingen, die die

Welt bewegen, ein Geschenk. Da er für den möglichen Frieden dem Rest ein Spiegel ist.

Noch vor Kurzem hätte Reinhard auf die Frage, warum er Angst hatte, geantwortet: „Weil ich (seit jeher) nie gewusst habe, wie man auf etwas zu reagieren hat, wie man etwas tun sollte. Grundsätzlich war ich derart fremdbestimmt, dass diese Angst also eine war, die ich vor mir selbst hatte."

Um diese zu rechtfertigen und ihren Ursprung darzustellen, bräuchte es zu viele Details. Eine schriftliche Beschreibung bliebe immer unvollständig, weil die Schrift das Spüren von lebendiger Angst verhinderte. Die größte Substanz, um ihr (wieder) näherzukommen, wäre die Erinnerung – aber Reinhards Geist war gerade im Moment recht in Ordnung und mit sich selbst und all den anderen (Lebens-)Angelegenheiten im Reinen.

Verzweifelte, weil vernachlässigte Selbstliebe ist – da ist aufzupassen – schnell wieder verfügbar; diese aber unbedingt Einschränkung oder Narzissmus nennen?

Ein Lebensprogramm, das einem vorkommt, wie wenn zwei Leute und ein riesengroßes Angebot (an materiellen Dingen) zusammenkommen, ist vergleichbar mit Material, das urheberrechtlich geschützt ist, mit Trends und Daten und mit einer Bestätigung, die im Endeffekt aber keine ist.

Zwischendurch mit Wirtschaftskrisen narzisstischen Rückgangs. Und immer darauffolgende Restaurierung. Ein Reigen der Eitelkeiten. Wo Gedanken des Aufruhrs, des Aufrufs als zentrale Funktionen, nicht gelten, weil für zentrale Funktionen nur die Gedanken der Gesetze zählen. Weil Gedanken des Aufruhrs zu sehr zu behaupten neigen, dass alles besser behandelt werden könnte.

Und in dieser Eigenschaft in den Jahren sich aber so etablieren könnten, als wäre die Menschheit auf einen extrem hohen Berg geklettert und als sei dort am Gipfel eine Narzissmusepidemie, rein aus Platzgründen, nicht (mehr) möglich.

Befand Reinhard sich gerade in einem Traum? Ja.

Da meinte er im Traum noch, er müsse unbedingt hinter … die Kamera, und er empfand beim Aufwachen großen Respekt für alle, die es – im Leben – nicht nur gewagt hatten wie er; die wussten, was sie taten, mit einer selbstbewussten positiven Begierde. Das – wohl wissend, dass es für ihn noch etwas schwierig wäre – wollte er ab da partout auch. Weil er dachte, dass Mittelmäßigkeit auf keinen Fall gut genug für etwas war – aber er hatte noch keine Ahnung davon, wie einen guten Film machen!

An diesem Tag verweilte Reinhard, mit seinem Traum zusammensitzend, auf einer Bank des Petersplatzes. Damals war es an diesem Ort gemütlich. Es gab keinen Prüfungsdruck, alles war ein Prozess. Er fühlte sich gerade recht wohl. Angst und Panik waren grundsätzlich weg. Ihm war bewusst, dass ein paar Fehler in der ersten Prüfung kein Leck im Lebe-deinen-Traum bedeutet hätten. Er fühlte sich in jeder Sekunde groß genug und so, als würde er sich in einer Hochzeit der Träume befinden: voller Traummenschen, Traumfrauen, Traummänner auf einem Traumstrand. Zwar eine Hochzeit mit einem gewissen Optimierungsdruck, aber auch eine, wo Glück-ist-alles nun das Dominierende zu sein schien.

Er war sich bewusst, dass sein Leben ein Gut ist, das verloren ginge, wenn er es nicht leben würde.

Vorgefertigte Techniken, um besser an den Dingen des Lebens arbeiten zu können, hatte Reinhard also nicht. Er war zurückgetreten vom in der Vergangenheit Begonnenen – da ja nur ansatzweise bis dahin etwas gelang. Er war dabei, sein altes Selbst zu verlassen, um jetzt alles mit neuem Blick zu erfassen.

Reinhards inneres Haus hatte sich auf den Kopf gestellt. Und so verdreht und weit genug weg von allen Mängeln, die vorher und von Kind auf ihm den Sinn dafür, Proportionen zu erkennen, unmöglich gemacht hatten, zog er jetzt durch Wien. Sich vorstellend, dass er dabei war, sein inneres Gebäude nun wie ein Anwesen zu bauen, für das die Schlüssel bereits bestellt waren.

„Ich entwerfe es – fürwahr – ja selbst", sagte er ständig zu sich.

Bereit, darauf zu reagieren, war es extrem schwierig für ihn, seine neu erworbenen Fähigkeiten akribisch genau festzuhalten. Ihm fehlten Diagramme. Erworben hatte er bis zu dem Punkt zwar ein wenig Land, aber es konnte keine Rede von einem Anwesen sein. Reinhard folgte allem, was er zum Vertrauensgewinn nur brauchen konnte. Er versuchte, ein Gefühl von Sicherheit aufzubauen.

Reinhard brachte diese Prozesse in ihren verschiedensten Formen wahrlich nicht zum Glühen. Aber doch dazu, dem Wesen seiner Arbeit selbst als Grundlage zu dienen. Zum Überraschen. Vor allem ihn beziehungsweise sich selbst.

Er war dann überrascht zu sehen, dass auch seine Grau- und Brauntöne vielversprechend waren, um Nischen und Winkel darzustellen. Er spürte das deutlich beim Versuch, ein Übungs-Trompe-l'oil bis hoch zur

Decke seines Atelierzimmers zu malen. Schöne, künstliche, anmutige Nischen seines Selbst, versenkte, gestreckte, in (noch) braun-grauen Tönen.

„Etwas pauschal selbstverständlichkeitselegant, meinst du nicht? Womöglich noch ein Wendeltreppchen, irgendwo ein Balkon?"

Ja, sein Inneres war noch ein seltsames Häuschen. Aber Reinhard hatte es geschafft, er war so weit, mit dem Leben und seinen Dingen gut zurechtzukommen.

Wo beginnt die Störung, wo beginnt das Wohlbefinden?

Lotophagen

Reinhard traf mittlerweile also das richtige Grün, um damit das Gras, das über riesige Weiden wuchs, zu malen oder um einen Baum zu abstrahieren. Um beide dann zu einem abstrakten Hügel an einem Fantasieort mit Steinstufen werden zu lassen. „Dieser glänzte schön, als wäre er gut klassifiziert und abgestuft von einem Gärtner gemalt worden. Mit diesen hellen Farben und imaginären Terrassen, die da bis zum Himmel empor zu sehen. Und so präsent gebracht hier aufs Papier …"

Reinhard hatte Glück. Und es ging dann alles sehr schnell. Der Galerist seines Meisters in Kärnten war gerade in der Nähe seines Ateliers, und weil er gerade Zeit hatte, beschloss er Reinhard aufzusuchen. Nicht nur das, er wollte sofort in Salzburg einen Ausstellungstermin für Reinhards Arbeiten vereinbaren! Er sei immer auf der Suche nach neuen Talenten und nicht viele würden so Vielversprechendes zeigen wie er.

Binnen Bruchteilen einer Sekunde befand Reinhard sich nun auf der anderen Seite. Auf der, wo man klassifiziert wurde und Wert verliehen bekam. Mit dem ersten eigenen Fleckchen Grün würde Reinhard folglich der Gärtner seiner Bilder werden.

Ab da wurde sein Leben zum Schachspiel. Aber Reinhard war kein Reiter, hatte kein Pferd zum Springen. Er musste also versuchen, ohne Hilfe die Sprünge zu schaffen, um das Haar der Königin (die dastand, als wäre sie Fortuna) zu berühren. Ihm war bisher noch gar nicht aufgefallen, dass sie blondes Haar hatte, die Male, in denen sie ihn für wenige Augenblicke direkt angesehen hatte. Weil sein Blick bis dahin auch fast immer nur bis zum nächsten Nachbarhaus gereicht hatte.

Er hatte Angst, dass sie, die Königin-Fortuna, auch schnell wieder zu einer Plastikpuppe werden könnte. Weil er noch nicht auf dem einen richtig festen Weg stand. Dem einen, von dem er wollte, dass Fotos von ihm aufgenommen würden. Weil die Morgendämmerung nach den dunklen Nächten für Reinhard jetzt wie von feinster Schokolade war.

Diese Bildfantasien hatte er an der Peripherie Wiens, an einem sonnendurchfluteten Nachmittag, stehend auf einem Damm, wo drüben, am Ende des gestauten Wassers, große Turbinen sich erspähen ließen. Da fragte er sich, ob er womöglich Angst davor hatte, von Ereigniswirbeln erfasst zu werden, in deren Zentrum er, weil er, noch in allem unreif, über harte Steinstufen stolpern könnte. Er rieb sich den Schweiß von der Stirn und hörte in der Ferne Lautsprecher kurz als Soundcheck zu einem Freilufterereignis schallen. Gerade gegen die selbst erhobenen Zweifel und Befürchtungen ankämpfend, wurde er imposant mitsamt seinen ganzen Gemütssachen von einem kaum zu beschreibenden Glühen eines Sonnenuntergangs beiseitegeschoben, der sich magisch an die Iris seiner Augen anheftete.

Und sah dann alles von oben.

Reinhard wollte lieber warten, bis die Kenner die tiefen Furchen in ihren Gesichtern tragen würden, wenn sie näherträten und seine Kunst erkennen und gutheißen würden. Er selbst fühlte sich noch nicht reif genug, aber der Galerist bestand auf der Ausstellung. So würgte er also Lächeln über Lächeln hervor, als der Galerist ihm den Galerieraum zeigte. Reinhard bedankte sich, hoffte, dass niemand es bereuen würde, nickte nur mit dem Kopf und sagte: „Okay."

Bald schon sollte es losgehen, aber Reinhard hatte sich noch mit so vielen neuen Schritten im Leben vertraut zu machen. Hatte er denn bis zum Termin genug Zeit? Man brauchte doch genug davon, für sich und für alles, was man machte. Und er fühlte, dass das jetzt derart überraschende Um-und-Ein-und-Auspacken gar nicht so viel Spaß machte. Er war doch bis jetzt erst am Schnüffeln gewesen. Nun jagte er durch diese eine Bewegung der Hand, durch dieses eine Winken bereits innerlich umher, gestresst, als hätte er tausend Aufträge bekommen und akzeptiert.

Seine plötzlichen Gedanken und Befürchtungen ums Bestehen und Überleben im Metier der Kunst, Kämpfen um Anerkennung, ohne sich fürs Erste mit anderen Werten abgegeben zu haben, nur mit Form und Farben, ließ Reinhard sich fragen, was sein Dafür-Brennen wirklich wollte – ob er womöglich nicht wieder einer fremden Vision folgte.

Gerade war Reinhard noch mitten in einem Marsch von Studenten gewesen, die mit auf Leintüchern genähten Slogans wie *Make love, not war* oder *Nieder mit den kapitalistischen Profiteuren* den über Megafone gerichteten Parolen lauschten. Um diese dann weiterzutragen. Gelöst, verstreut, ein, zwei Stunden lang; auch wenn sie dadurch wohl kaum dazu beitragen konnten, das Donnern der Erde auszulöschen. Jetzt stand er da, in einen Zug schon eingestiegen, der ihn in ein neues Zimmer fuhr, das nicht mehr sein Studentenzimmer sein würde.

Er war an eine neue Türschwelle katapultiert worden, die auf der Rückseite einer ihm völlig unbekannten Wohnung platziert war. Von der aus, wenn er durch den leicht geöffneten Spalt blickte, er hohe Decken sehen konnte, große Erker, Nischen, noble Sitzeinrichtung, Bodenbeläge vom Feinsten, Wände und Wände und Wände als Halt für Kunst und Bilder. Reinhard nahm den Zweifel an, dass er doch noch nur ein kleiner kahler Arbeiter, ein Handwerker, ein kleiner in der Sache war. Ohne noch in der Lage zu sein, zu sehen, was und wen das Ganze effektiv beschäftigte.

Er konnte aber seinen Blick nicht mehr abwenden. Sich abwenden, um zum Beispiel vorsichtig eine Schublade, in die er Filme anderer Lebensvorstellungen für den Fall beziehungsweise für andere Fälle gestellt hatte, zu öffnen. Er hatte sich keine solche Schublade zurechtgelegt.

Ihm war klar, dass er Geld und Ruhm sehr wohl interessant fand. Da er es aber nicht schaffte, den Film zu sehen, der da in seinen Händen hätte spielen sollen, wusste er überhaupt nicht, mit welchem Deal er hätte glücklich sein sollen. Nichts konnte er von Anfang an ausschließen: Sein Gefühl blieb stumm. Es spielte bereits ein Film in seinen Händen. Es war das erste Mal, dass er selbst Regie zu führen hatte. Und er kannte die Regeln dafür nicht – weil er keiner von ihnen, keiner der Eingeweihten war.

„Das erste Mal ist ein Zufall." Reinhard richtete sich ein „Es ist halt so!" zurecht und, mit seinen Fingern gegen die Schläfen gedrückt wegen des Kopfzerbrechens, suchte er in der Nacht keine rettende Schublade mehr. Er nahm keine Bedenken mehr besonders wichtig.

Er begann, wie alle Importeure von neuer Ware es tun, Papiere zu schreiben, Briefe, wegen der Presseartikel, die er sich herbeisehnte. Er wollte wissen, auf welche Schiene er sich begeben hatte.

Seine Odyssee in der Malerei und in der Kunst hatte begonnen. Jetzt.

Für einen kurzen Beitrag im ORF wurde nach der Eröffnung der Ausstellung eine Filmaufnahme gemacht. Auf der er dreinsah, als schaute er durch ein Schlüsselloch und als hätte seine Anstrengung nicht zu einer effektiven Lösung geführt. Auf der Kulturseite der drei Salzburger Blätter bekam er kurze, recht nett schmeichelhafte Rezensionen – und auf der Akademie sah es in den folgenden fünfundvierzig Tagen so aus, als würde er aus dem Umfeld, mit etwas an stillgehaltener Neidhaltung, größere Anerkennung erfahren.

Orthodoxes (Denken) musste vehement Platz machen für extrem kreatives Empfinden und Tun. Reinhard wusste plötzlich – damals war das nicht selbstverständlich –, dass es keinen besseren Weg zum Lernen gab als den, der über selbst gemachte Erfahrung führte. Indem man sich, so wie er es tat, einer tatsächlich abgetasteten unterzog. Einer, die auch all seine geistige, also mental-intellektuelle Not aufdeckte. Richtig in der Kunst zu leben, wurde für ihn fürs Erste so, wie ein Musikinstrument zu praktizieren, von dem er noch kaum die Grundgriffe kannte.

Reinhard fand dann doch eine Schublade im verborgensten Eck des Gemüts seiner inneren heilen Insel, sie war jedoch verschlossen. Bestimmt, nahm er sich fest vor, würde er herausfinden, wie sie zu öffnen war und wie sie mit guten Leistungen gefüllt werden konnte. Im

Moment war aber noch egal wie. Es war nur wichtig in diesen Tagen, sich selbst im Auge zu behalten.

Und es ging bereits weiter. Reinhard bekam eine Anfrage, mit zwei seiner Werke und mit einer kleinen Galerie aus Wien zur Art Basel zu fahren. Er sagte spontan zu. Dies wieder eine (zu) schnelle Entscheidung.

Es war aufregend, im offiziellen Katalog der Art Basel abgebildet zu sein. Aber Reinhard hätte niemals geglaubt, dass das ein Fehler sein könnte. Es hielt ja gerade noch der Galerist aus Salzburg seine Hand, hin und her schwingend. Und ließ sie, wegen dieses kleinen selbstständigen Schrittes, trotzig wieder fahren. Und in dem Moment waren geräumige Wohnzimmer und Perlmutterstaunen weg: Reinhard solle sich ein anderes Mal besser an die Anweisungen erinnern und halten, hieß es. Er tat die erlebte Erfahrung als kleinen Biss in den Hintern ab.

Erneut hatte er jemandem das Recht erteilt, ihm dreinzureden. Das würde er nun gewiss nicht mehr tun. Reinhard griff folglich wieder nach seiner Materialholzkiste und war weiterhin Student – zunächst.

Denn bald schon boten sich Gelegenheiten zum Geldmachen – weil sich sein Dasein als Akademiestudent in Wien in seiner Heimatgegend herumgesprochen hatte. Er sollte Häuser planen, formal-inhaltlich mit künstlerischem Touch. Das war zwar nicht das, was er machen wollte, aber er benötigte das Geld, um in Wien sein zu können.

Reinhard lebte also wieder im Wiener Alltag: Meetings, Demonstrationen, sämtliche Arten von neuen und bereits verbrannten Kunstbewegungen. Auch seine innere Revolution, wenn auch noch ohne haarscharfe Konturen, drang von Tag zu Tag tiefer in sein Herz. Dazu kamen Prüfungshektik und hitziges Tun, seltsame, wechselnde Gesichter um Reinhard herum, nickend mit den Köpfen.

In Salzburg und jetzt in Wien, vorher in Venedig, in diesen drei Städten hatte er gelernt, wie jede Form von Flug ihn nur auf oder in einer nächsten Periode landen ließ. Er erlebte Chaos, wo er Ordnung und Organisation (auf jeden Fall in seiner Seele) gebraucht und gesucht hätte. Dies bedeutete, dass er eigentlich sofort wieder zum Abhauen hätte einpacken können. Man träumte damals wahlweise von Heidelberg oder Köln, von London oder Barcelona.

Reinhard fing an sich zu fragen, ob er nicht erneut vor einer halboffenen Tür stand, umgeben von ein paar Koffern und Rollen von Zeichenpappe unter dem Arm. Reinhard lebte mehr von den Fehlern als von den Siegen. Oder konnte er, einfacher gesagt, nur schlecht spielen? Er hielt wieder inne und dachte darüber nach, ob er nicht möglicherweise ständig von sich selbst betrogen wurde. Es war besser, jetzt noch keine Antwort darauf zu finden.

Wo beginnt die Störung, wo beginnt das Wohlbefinden?

Zurück

„Was ist der Sinn des Namens dieses Anwesens?", war Reinhards Frage, als der betuchte Mann ihn mit dem Vorschlag, seine Sachen in seiner Herkunftsregion auszustellen, erreicht hatte.

Das Schloss war ein Schmuckstück des angesammelten großen Reichtums der in der Region und darüber hinaus renommierten Geschäftsleutesippe. Es lag im Tal in einer Obstbaugegend.

Der Herr, der an Reinhard gedacht hatte, um in den Räumen, die zu einer Wechselgalerie umstrukturiert worden waren, Bilder für eine Ausstellung zu hängen, war ein reger Kunstsammler. Er hatte Geschäftsverkehr mit seinesgleichen in Wien und hatte von Reinhards Ausstellung in Salzburg gehört, darüber eine Zeitungsnotiz gelesen.

Mit sicherem Tritt schritt dieser Geschäftsmann und Kunstmäzen auf seinem doppelten Parkett, das er für sich, seine Familie und auch, um seine Gäste zu empfangen, antiquarisch von irgendwo gekauft hatte. Okay, er war sehr schön, der Boden.

„Ich denke, es wird eine schöne Ausstellung, mit viel guter Resonanz", meinte der Geschäftsmann.

„Oh, ich hoffe sehr", konterte Reinhard. „Nun", ergänzte er, „ich habe gehört, dass hier vieles anders geworden ist. In der Schule hatte ich ein einziges Mädchen gekannt … jetzt soll ich also zurückkommen, sodass mich dann alle kennen?"

Weil keine Namenspolizei ihm die Befugnis erteilen konnte, ein Ding der Einfalt vom Platz zu fegen, stand er erneut auf diesem ethnischen Flur, mit seinem Nach- beziehungsweise Familiennamen als Problem: dem streng anders klingenden.

Und sie begannen wieder: die kleinen schrägen Strahlen, die sich in der Mimik mancher Gesichter reflektierten. Reinhard fragte sich, ob das nun für immer so sei. Trug er wirklich nur spezifische Erinnerungen, die ihm als Kind ein Unverständlichkeitsherzrasen verursacht hatten, herum?

Er saß auf dem Sofa bei Rotwein und hörte dem Mann zu, der mit leiser Stimme sprach: über sein Geschäft und darüber, wie er sich vieles vorstellte. Reinhard betrachtete – als jemand, dessen Traum wegzugehen real geworden war – etwas verwirrt dessen Gesicht. Nun sollten Schritte besprochen und unternommen werden, detaillierte, um die Wege einer Form von Rückkehr zu fixieren? Sollte er aufstehen und schnell wieder weg? Würde er sich dann aber nicht unnötig eine Chance verstolpern? Sollte er sich selbst gegenüber zugeben, dass dies bereits öfters und sinnlos passiert war?

Er hörte die Stimme seines Gegenübers nur mehr im Hintergrund.

Wie – und wer – wollte (egal jetzt wo) er wirklich – im Jetzt – sein?

Sein Verzweifeltsein im Leben war die Folge des Fehlers, sich die Grundlagen zwischenmenschlicher Modelle nicht beigebracht zu haben – die, die darauf zielten, Hindernisse in der Beziehung zu anderen zu beseitigen. Er war in seinem Mikrokosmos an einem Punkt angelangt, an dem seine manifestierten zwischenmenschlichen

Probleme ihn distanziert-arrogant, scheinbar anspruchsvoll oder nur ängstlich werden ließen.

Für Reinhard war der Grund dafür, Werdung zu finden, nie gegeben, weil er, Floh, dabei war zu ersticken.
Er galt in erster Linie den Problemen, die er bei der Annäherung an den Höhepunkt von Begegnungen empfand. Die jedes weitere Miteinanderauskommen gleich
zum Ersticken brachten.

Warum hielt Reinhard, immer fest im Griff, ein imagi-
näres scharfes Messer in der Hand bereit?

Scherzo:

Ich hatte Finger im Mund,
zog hektisch an meiner Hose,
kletterte auf was auch immer und auf Bäume,
ging eventuell durch Tore,
schluchzte und hatte Schluchzen gehört,
mein Blick fiel nach oben und nach unten,
ich hielt Messer zwischen meinen Lippen,
ich las Bücher,
ich zog am Gurt eines Höschens,
war manchmal wie ein Wilder am Schreien,
biss mir manchmal auch mächtig auf die Zunge,
ich sprang rücklings,
ich rannte wie ein Affe,
ich musste meine Hosen hochziehen,
ich schnappte nach Luft und fiel hin,
ich lernte das Morsealphabet,
ich wurde als Indianer im Spiel oft getötet,
ich war so hartnäckig,

fiel auf die Schulter, biss auf die Lippe, die war voll
   Blut,
ich neckte niemanden in der Nachbarschaft,
ich zog mich aus dem Weg,
ich war gelaufen,
ich konnte schreien,
ich konnte schwören,
ich erfand Mauern aus riesigen Bausteinen,
ich sah Wachen da drauf,
ich suche eine Bestätigung in meinen Kindheits-
   erinnerungen,
ich war ein großer Redner,
ich redete über schwere Donner,
ich redete über ein endloses Meer,
ich suchte einen Grund für die Rolle des Menschseins.

Reinhard hatte einen weiten Weg zurück nach Wien.

„Ja", versprach er, „die Ausstellung wird gemacht. Ich werde mein Bestes geben."

Von Psychosomatik wusste er damals nichts, verstand also auch nicht, warum auf der Fahrt seine Rippen schmerzten. Er biss sich ein wenig auf die Lippe, seine Mundwinkel hoben sich an, seine Stirn mitsamt seinen Augen zog sich zusammen, er tat einen tiefen Atemzug.

„Der Boden ist hart, den ich da begehen werde."

Mit angewinkeltem Arm am linken Seitenfenster und seinen Kopf von der Hand gestützt, bückte er sich etwas, um mit der anderen Hand eine Notiz auf einem Zettel einzufangen, der sich beim Hinunterfallen unter seinen Knien eingeklemmt hatte.

„Nein, ich glaube, diese Ausstellung wird für niemanden eine Strafe werden."

Das Flattern der Luft bei der Geschwindigkeit durch die etwas heruntergelassene Scheibe gab ihm das Gefühl, auch innerlich dazu bereit zu sein.

In Wien angekommen, unterdrückte Reinhard zunächst die Erinnerung an diesen Abstecher. Er hatte im Soge auch an ähnlichen Fäden zu ziehen und neuen Diskussionen auf der Akademie standzuhalten, in die er – bisher noch nicht von ihm bekannte – Worte einbrachte. Er war ja immerhin faktisch ins Metier eingestiegen.

In derselben Nacht weckte ihn ein Traum. Er war etwas beängstigend und handelte von einem potenziellen Eindringling in seiner Wohnung. Die aber anders aussah: so wie die seiner Kindheit. Warum glaubte er denn, vom Geplündertwerden träumen zu müssen?

Kein unangenehm stumm wichtiges Unbehagen zog sich jedenfalls durch die nächste Zeit.

„Zunächst einmal ist die Zeit wichtig, in der ich hier bin", sagte er sich, eine Hauptaufgabe angehend. Und konzentrierte dann seine Kommentare auf Aspekte dessen, was anstand. Diskurse, bezogen auf Faktoren des Schutzes in der Situation des Künstlers auf dem Markt, schärften zu der Zeit aber besonders sein Interesse.

Es hatte freilich auch damit zu tun, dass er bei den letzten projektorientierten Gruppenmeetings über seine Ausstellungserfahrungen zu erzählen hatte. Unter anderem über das, was als Nächstes anstand. Es tat gut, frei darüber zu sprechen. Reinhard hatte nie versucht, etwas zu interpretieren, seine Meisterklassekameraden waren offen, Vertraulichkeit war der Geist dieser Meetings.

Reinhard erzählte über die merkwürdigen Situationen und darüber, wie alles verkleidet war bei der Begegnung mit der Realität, und über sein Gefühl der Verwirrung. Er berichtete auch, dass man sich da etwas vergewaltigt fühle. Zweifel und Bedenken. Er markierte und die anderen sprachen. Auch andersrum. Nichts galt es zurückzuhalten. Und so kam er auch auf das letzte Traumbild zurück. Man redete darüber, wie in allen Anfangsstadien noch alte gewesene Prioritäten hängenblieben, et cetera und so weiter.

Reinhard schaffte es, wieder ein Gefühl von Vertrauen in sein Tun und Planen einzubauen. Beim weiteren Angehen des Geschäfts wollte er nicht schon wieder vor den Dingen weglaufen müssen. Er ging die (für ihn noch groß gefühlten) Dinge so an, als würde er leicht die Treppe hinunterträllern. Die geistigen Wasserspritzer, die ihn dann wieder schön schlafen ließen, taten ihm gut. Zunächst.

Prinzipiell hatte Reinhard sich selbst nie betrogen. Aber auf einmal begann ihn die Frage zu plagen, ob seine Wahrheit als Material zur Herstellung von Kunstwerken reichte. War es ein Material (eine Zutat wie beim Kochen und Brauen, bestehend aus besser oder schlechter gewürzten Episoden), das reichte? Wie viel hatte er geschrien, wie viel hatte er denn in Wahrheit gelitten? Wie viel hatte er denn je gehabt, wie viel konnte er in Wahrheit verlieren? Wie viel riss es ihn auseinander, wem konnte er in Wahrheit etwas vorwerfen? Wie viel war er je frei, wie viel war er in Wahrheit ein Wahnsinniger (was soll dieses Zittern im Herzen jetzt!)? Wie viel war er denn je in Wahrheit wirklich offen gewesen?

Wahrheit ist eine Ansammlung von Wie-viel und Oder.

Wahrheit ist nicht Literatur.

War die Wahrheit jetzt so nahe an Reinhards Leben, dass er sie nicht verlieren konnte?

Er hatte erste Schritte in einem seltsamen Spiel gemacht ... und wollte jetzt noch mehr.

Bei der Eröffnung der Ausstellung im Herkunftsheimatland schritt die Rezensentin der Lokaltageszeitung auf ihn zu. Sie wollte wissen, was passiert war, dass er wieder zurückgekehrt war und mit seinem Namen im deutschen (!) Bund der Künstler auftrat.

Nein, nein, das ... war nicht wie ein erster Kuss – und doch flatterte Reinhards Herz. Er fühlte es wieder: Auf diese Weise hat es das bereits in der Grundschule getan. Nun war er aber in neuer Lage am Zug, etwas anderes und mehr daraus zu machen. „Diesmal wird es anders, jetzt wird mehreres anders", spürte er es in sich sagen.

Und so tat er, als wäre er gelangweilt, gelangweilt von den gestellten Fragen. Kann sein, dass sich die Aura der Journalistin warm anfühlte, aber er wusste dennoch nicht, was er antworten sollte. Es gab zwar keine Erregung, aber auch nichts zum Verzeihen. Aber er war älter geworden, und so sagte er in den Raum: „Mir ist es sehr wichtig", er hielt einen Moment lang inne, „hier zu sein. Ich fühle mich, trotz Nervosität", (leises allgemeines Gelächter), „geehrt durch die Präsentationsworte. Danke, dass Sie zu meiner, zu dieser Eröffnung gekommen sind."

Er konnte hören, wie die Finger über die Preislisten glitten. Seine Mutter schwieg, weil sie nicht da war, seine Brüder waren zu klein – und Punkt. Er schloss seine inneren Augen und schrie zur geistigen Decke. Er spürte auch etwas wie einen Schlag auf den Kopf. Er sah sich wieder von oben. Er sah an ihm die Figur seines Vaters, er sah nun alles wie aus einem tiefen Loch.

Die Zeitungen flogen nicht überschwänglich in die Luft, schrieben aber über ihn und seine Kunst recht anständig angenehm. Und er machte dadurch Bekanntschaft mit dem allseits respektierten größten Kunstsammler der Region, der ihn bald in der Galerie aufsuchte. „Aus dir wird noch Großes werden."

Der Herr Kunstsammler hatte die weit und breit führende Anwaltskanzlei in der Region und war auch sonst und politisch eine Größe, somit sah oder empfand er an Reinhards Nachnamen kein Problem.

„Sie sollten das Bild ins bessere Licht bringen. Soll ich es für Sie tun?"

Reinhard hatte das Werk aus dem Auto, eingeparkt im Innenhof, hochgebracht.

„Gut, ja, bitte."

Der Portier schüttelte etwas den Kopf und ging ruhig von der Tür wieder zu seinem Stuhl.

Reinhard war zurückgekommen. Und es gab kaum etwas, was er befürchten sollte. Reinhard befeuchtete die Lippen mit seiner Zunge.

Er parkte sein Auto an mehreren Häusern, weil er weitergereicht wurde, somit vom Segen der Nachahmung profitierte: Was und wen Herr Kunstsammler honorierte, war in der Gegend ein Muss.

Reinhard und sein Auto, mit seiner Kunst darin, waren willkommen. Auch beim Golfclub der Noblen wollte man folglich durch das Präsentieren seiner Kunst – mit angeschlossener Benefizversteigerung – auftrumpfen. Reinhard stieß – im übertragenen Sinn – leichte, aber leise Genugtuungsaufschreie aus. Überrascht darüber,

wie positiv exponiert er jetzt dastand, versenkte er einen
Teil des gewesenen Grolls. Einem „Sie können mit dem
Auto bis zum Tor kommen!" folgte das Ankaufsinteresse
eines anderen.

Verraten und verkauft

Reinhard beschloss, Wien den Rücken zu kehren. Weil er geschmeichelt-geblendet war, blieb er in seiner Landheimatregion und genoss seine Erfolge.

Mitten in all den Dämpfen seines Autos verstand er nicht, dass der Geruch von Halluzinationen, besser gesagt, Irrlichtern nicht der gleiche ist wie von aufsteigendem Zimtdampf. Und als die erste Berauschung vorbei war, war kein neuer sinnlicher Traum – nicht in seinem neuen Atelier jetzt hier in der Provinz, nicht in der erweiterten Nachbarschaft – geboren.

Reinhard ließ seine Finger zeichnen und versuchte, sie gut über seine eigene Haut und die der anderen zu führen. Aber wann auch immer er seine Augen schloss, fühlte er, dass er die Kontrolle verloren hatte: Er berührte mit seinen Fingern den stählernen, kalten Anschlag der Geschichte einer Landschaft mit zwei Flüssen.

Wie hätte er sich selbst die Augen öffnen können, um diesen Irrsinn zu stoppen? Er verpasste es, sich selbst zu widersprechen, die Geschichte abzuwenden. Alles, was nun kam, sollte ein einziges Missverständnis werden.

Reinhard ließ seinen Namen in die örtlichen Tages- und Wochenblätter schreiben. Es gab weitere Ausstellungen, der Verkauf der Bilder lief gut. Aber nicht wenige drehten sich um und meinten, er passe nicht hierher. Und weil auch seine Mutter wieder greifbar nah war, begann er seine innere Beherrschung langsam wieder zu verlieren. Er fühlte, ihn machte das alles unbeweglich. Er schaffte es auch kaum noch, etwas vor sich selbst zu rechtfertigen. Nicht die seltsame Resonanz. Nicht das bisschen Profit. Nicht die Dinge, die sich in seinem Kopf bewegten. Nicht das Herz, das – jetzt – seufzte, weil er es ihm recht schwer machte. Die Erinnerung an die frühen Studentenbewegungen waren bereits erloschen, es gab keine Autoren oder Dichter mehr, die es ihm antaten.

Reinhard wollte ja gründlich wachsen, vielleicht nie aufhören zu wachsen, und er würde hier zwangsläufig stagnieren, ja rückwärtsgehen, mit geschlossenen Augen. Wo war die Neugierde geblieben, die am Balkon ausgestreckt vorher von Kugeln aus Blitzeinfällen getroffen wurde?

Er merkte bald, dass er Teil eines Meeres war, in dem er sich wie ein Tropfen Wasser, der seinesgleichen suchte, bewegte. Freilich fühlte er sich in einsamen Stunden ein bisschen schuldig, weil er mit zu viel Eile, quasi über Nacht, Wien verlassen hatte.

So tat Reinhard nun alles, um sich hier wieder wie zu Hause zu fühlen. Hinter den Häusern mit den Fassaden dieser Stadt bekam er als neues Atelier ein Lusthäuschen zu mieten, das anno dazumal zu einem Herrenhaus gehört hatte und das man durch ein Portal mit Durchgang zu einem Hinterhof mit Garten erreichte. Dieses kleine quadratische Gebäude verfügte über ein Bröselkohleheizsystem und hatte lange Zeit einen privaten Kinderhort beherbergt.

Reinhard hatte Kissen und sein Bett aus Wien mitgenommen. Hatte einen Tisch als Ess- und Trinkgelageecke drin – und eine größere Pressholzplatte, die, auf klappbare Böcke gestellt, als flacher Maltisch für ihn geeignet war, da er auf kleineren und größeren Formaten aquarellierend, also lasierend, malte. Er hatte ein Malrezept, das Blumen genauso wie Pralinen, Eiscreme und ebenso in Magazinen Gesehenes, jeweils abstrakt rezipiert, abstrahiert interpretiert, zu Bildern werden ließ.

Diese Art zu malen reichte den noch stark traditionellkonservativ geprägten Leuten in der Umgebung aus, um ihn, den Reinhard, als den *Neuen* zu deklarieren, von dem man „ebenfalls eines haben" wollte oder, je nach Sammler, sogar haben musste.

Ihm selbst aber genügten seine Werke nicht. Ob er nicht damals schon wusste, dass es nichts anderes war, dieses Tun, als ein Spiel, in das er und man nicht viel mehr als das Geld, das man gerade in der Tasche hatte, investierte?

Reinhard probierte in der Menge so entspannt wie nur möglich umherzugehen. Er wurde im Kunstbund des Landes aufgenommen und sogleich zum Vorsitzenden des Fachs Malerei – als Symbol nach außen für neuen Wind – ernannt. Wodurch in Haus und Schule prompt wieder eine Ausstellung folgte. In der Reihenfolge alles auf ein paar Empfehlungen basierend, hatte dieses Tun allerdings zu keinen denkwürdigeren großen Begegnungen geführt. Die Geschäfte rund um Reinhards Kunst brachte das alles nicht zum Florieren.

Andere, die ebenfalls diese Räume des Bundes betraten, amüsierten sich über Reinhards Nachnamen; es war ja schließlich und schlussendlich ein deutscher Bund, einer der markant deutschen Landeskultur. Reinhard wiederum tat so, als würde er sich selbst über vieles amüsieren und als würde ihm das alles nichts ausmachen. Den tiefsten Punkt, den die Machenschaften gegen ihn dennoch erreichten, war, dass er es nie schaffen sollte, öffentliche Aufträge zu bekommen.

Es war alles wie unter einem Sonnenstich. Nicht, weil Reinhard fürchtete, Fehler zu machen, sondern weil die im Umfeld gemachten Aussagen im Widerspruch zu seinen Intuitionen standen. Das war für den Künstler tödlich. Er begann, sich latent schleichend, aber unweigerlich anzupassen. Und er spürte es deutlich, seine Bemühungen waren erloschen, er hatte aufgehört zu wachsen!

Bei den Anlässen, an denen Reinhard teilnahm, setzte er sich meistens an den Rand. Da stellte er sich dann ein Fenster vor, an dem ihm ein Luftzug ins Genick und dann sich drehend in sein Gesicht blies. Das Zittern seiner Nerven gab darauf zunehmend seinen Unmut darüber preis, dass sich immer einer oder eine, mit den eigenen Haaren spielend, vor sein Geistesfenster stellte. Und Wein, Wein, Wein – und so weiter.

Nach anfänglicher Begeisterung, oder einem So-tun-als-ob konnte er bereits nach einiger Zeit einen langsamen, aber steten Stimmungswechsel in der Art der Kommunikationsbewegungen vernehmen. Bisweilen konnten sie – seine Mitmenschen des Geschäfts- und Wirtschaftswesens und der Politik und er selbst – leicht zusammen entspannen. Scheinbar miteinander stimmig.

Reinhard lud sie in Abständen zu Empfängen in sein Atelier ein. Sie kamen, alle untereinander Humor verbreitend. Sie genossen das Essen und den Wein. Er wurde zurückeingeladen. Und man kam auch wieder mit Auftragsarbeiten auf ihn zu. Was er im Eifer des Moments zwar begrüßen musste, ihm aber nicht viel ein- und ihn so was von nicht weiterbrachte, im Gegenteil.

Aber er lernte auch Menschen kennen, die es gut mit ihm meinten. Ein angesehener Primar der inneren Medizin kaufte bei einer seiner Ausstellungen ein Bild und wurde zu Reinhards Mentor, mehr noch: Er wurde sein Freund. „Rudern wie wild ist nicht immer gut, das Ziel ist oft die Kardiologie", sagte dieser, ein wenig schmunzelnd.

Reinhard wusste nicht, ob er jetzt einen Moment gewachsen, in dem Moment erwachsener geworden war.

Und dann da war noch die Episode mit dieser Frau, die Reinhard aus Wien kannte und in die er auch einmal ein wenig verliebt gewesen war, sie aber dann doch vergessen hatte. Sie rief aus heiterem Himmel an und sagte: „Ich denke oft an dich."

Sie war aus Japan und wollte Reinhard helfen, sich wiederzufinden. Eigentlich aber wollte sie ihn dazu animieren, mit ihr mit- und wegzugehen.

„In einer Stunde kommt das Taxi, das ich bestellt habe." Sie war Diplomatentochter und gerade mit dem Medizinstudium fertiggeworden. Und sie hatte tatsächlich alles stehen und liegen gelassen und ein Hotelzimmer für sie beide gebucht. In dem sie nun mit ihm saß und mit zwei Flugtickets vor seiner Nase herumwedelte.

„In einer Stunde?" – und er blickte leer in ihre halblangen schwarzen Haare. Er brauchte allein eine Stunde dafür, in seinem hageren Atelier sein Haar zu föhnen.

Er ließ sie alleine fahren. Und hörte nie wieder von ihr.

Gerade noch hatte er sich in Wien daran gewöhnt zu experimentieren, im Schreiben, Denken und im Umgang mit Menschen. Dort, wo Reinhard wieder gelandet war, hatte er schnell alles wieder verlernt.

Es ging ihm dann eine Zeit lang völlig ungenau. Er stand oft an seinem Fenster und sah da draußen gierige Spinnen, denen er mit seinem Blick folgte. Sie bewegten sich hin und her, den ganzen Tag. Reinhard ließ sie das, ja, eine Zeit lang auch in seinem Leben tun. Zu welchem Zweck? Aus Geldgier? Lustgefühl? Oder gab es einen anderen Grund?

Für den Bund der Künstler tat Reinhard noch einige kunstadministrative Arbeit. Durch Gestaltung von Malkursen bemühte er sich um den Kontakt mit Studenten und Teilnehmern jeden Alters. Es gab welche, die ihn aus der Presse kannten. Mit einigen verstand er sich recht gut. Das Leihbüro für die wichtigsten Dinge, die der Geist im oder zum Leben brauchte, befand sich aber nach wie vor an den Rückseiten sämtlicher Landesstellen oder Institutionen und war grundsätzlich *Vorübergehend geschlossen*.

Luftschnappen

Reinhard war wieder einmal an dem Punkt angelangt, sein Leben, sein Sein, das, was er tat, also seine Arbeit neu zu bewerten, somit neu zu ordnen. Er hatte den Beutel, aus dem er seine Mission, die ihm wichtig war, wieder herausfischen hätte können, auf den letzteren sehr seltsamen Lebenspfaden verlegt oder verloren.

Es gab Momente, in denen er an den Fenstern und Türen, aufgrund zurückgeschraubter Besonnenheit, ordentlich rüttelte. Seine Fenster waren jetzt mit Blick auf einen Himmel und in ein Land, wo die Baufahrzeuge sich ziellos bewegten. Mit der Farbdose in einer Hand und dem Pinsel in der anderen schaute er wie ein bunter Fisch ohne Aquarium drein. Und auch noch oft apathisch. Vertraute Stimmen vernahm er keine mehr. Er hatte scheitern müssen, und er war gescheitert.

Manchmal hielt er – um Selbstgesprächen die Stimme zu verweigern – die linke Hand auf den Mund und ging so von Raum zu Raum. Mit seinen auf Realität geeichten inneren Blicken sah er – halb im Licht, aber eher halb im Schatten – sehr wohl, dass er schon längere Zeit mehr damit beschäftigt war, Wirbelwinde, die beim Öffnen seiner Tür auf der Schwelle entstanden, draußen zu lassen, als Leute, von denen er hoffte, sie würden klopfen, hereinzubitten.

Fette Regentropfen klatschten auf die Bürgersteige. Der Sturmvorhang – der vertikal hoch wahrzunehmen war – hing grundsätzlich und hartnäckig über dem

Gebäude seines Ateliers. Reinhard rührte, im Geiste abwesend, die Farben Weiß und Kobaltblau an, als würde er sie eher als Hautpflegemixtur oder Mobilisinsalbe mischen als zum Bildermalen. Milch, Reinigung, Cremen, Oberflächen, Feuchtigkeit, Tage, Altrosa, Probleme, Zähne, Tassen, Fliesen, Wasser, Gesicht, Falten, Leinen, Buch et cetera.

Nicht weit weg von ihm lebte ein bekannter Schriftsteller. In diesen grau gefärbten Tagen schrieb Reinhard ihn an, den Vorschlag unterbreitend, dass sie vielleicht gemeinsam an etwas arbeiten könnten. Er hatte auch schon eine Idee, die er „Projekt Schriftbilder" nannte. Er hatte bereits seit Längerem eigene, sinnhafte Texte auf seine Bilder geschrieben, gut an einer jeweils passenden Stelle platziert.

Reinhard brauchte in diesem Lebensmoment eine kreative Stütze. Er lehnte sich mit der rechten Schulter an der höheren Wand seines Ateliers an, las die Zeilen an den Schriftsteller noch einmal durch und trug den Brief zum Postamt. Und – überraschend schnell – bekam er auch eine Zusage.

Die beiden trafen sich und beschlossen, in ihren jeweiligen Arbeitsräumen abwechselnd einhundert Werke – kleinere und größere – zu schaffen, auf welche der Schriftsteller mit einem Grafitstift eigenhändig unveröffentlichte Textpassagen oder Kurzlyrisches schrieb, die Reinhard dann zu Bildern in Ton brannte.

Sie lockerten das Band ihrer am Hinterkopf zusammengebundenen Haare, brüllten innerlich, warfen dann die Arbeitskleidung weg und zogen mit diesen nun offiziell genannten *Schriftbildern* durch Ausstellungen und somit an die Öffentlichkeit.

Das, was sie taten, war ganz im Einklang mit der gerade in der Kunstwelt en vogue seienden Welle der Gemeinschaftsbilder, der Gemeinschaftskunst. Und so waren Presse und TV sehr neugierig geworden. Die einen filmten, die anderen füllten ganze Kulturseiten. Reinhard und der Schriftsteller waren glücklich und zuversichtlich, dass sie etwas Großes geschaffen hatten.

Es folgte ... es folgte ... Die meisten Sammler verschmähten, was die beiden geschaffen hatten. „Wenn ich etwas von dem einen will, dann kaufe ich mir ein Bild, wenn ich etwas von dem anderen will, dann lasse ich mir ein Buch signieren." Paff – Punkt. Sie konnten sich die Zähne ausbrüllen, wie sie wollten, es sollte bei diesem Versuch bleiben. Reinhard übermalte viele dieser Werke weiß. Nur unter den dünner lasierten Stellen blieben wahrnehmbare Spuren. Atmosphärische Aufladung.

Aber es gab zumindest ein paar Ausstellungen, auch außerhalb seines momentanen Wirkungskreises, in Italien sowie auch in Österreich.

Bei einer dieser Ausstellungen kam auch sein Freund Andreas, der Primar der inneren Medizin, vorbei und sah, dass Reinhard schwer schnaubte. Zu groß war die Enttäuschung für ihn. Und Andreas riet ihm, sich das alles nicht so zu Herzen zu nehmen. Einfach wütend zu sein war zu wenig, das schadete nur ihm selbst – und die Gefahr dabei war, irgendwann sich selbst zu hassen.

Und siehe da, Reinhard bekam kurze Zeit später vom italienischen Konsulat in München die Einladung, im dazugehörigen Kulturamt in der dafür errichteten angeschlossenen Galerie auszustellen. Er hörte die Luft in sich aufatmen. Und kämpfte mit der Macht des Gefühls: „Jetzt aber hast du es wirklich geschafft."

In den Zeitungen war zu lesen, dass Reinhard mit seinen Werken ein Nachdenken über Heimat und Herkunft, Existenz und Behausbarkeit ins Bild gebracht, auf groß- und kleinformatigen Werken Bild hätte werden lassen. Die interessierten Besucher konnten wahrnehmen, dass er dies, grafisch wie textgestalterisch oder malerisch, mit verschiedenen Techniken und Formen sowie farbigsten Nuancierungen auslotete. Dass er Grautöne bis hin zu tiefstem Schwarz wie eine Folie über seine bereits bekannten Farbfluten legte. Weil diese als Mittel, wie in der Kommunikation vorher, nicht mehr ausgereicht hatten.

Und Reinhard konnte auch gleich eine weitere Ausstellung in München vereinbaren. Sie sollte in der Autorengalerie stattfinden: hochintellektuell in einem ausgebauten Dachboden.

Reinhard spürte eine Wärme im Handgelenk seiner Schreib-und-Mal-Hand. Sein innerer Widerstand war gebrochen. Als hätte ihn etwas berührt, das danach trachtete, seine ausgehöhlten Augen wieder mit Leben zu füllen. Und das Schwingung und Schwung wieder in sein Gemüt bringen konnte. Vergnügen.

Ja, er begann, seine Bildsprachsyntax um mehrere Ebenen zu erweitern. Die früheren Werke waren für seinen Diskurs nicht leistungsfähig genug gewesen: Er hatte zwischen Farbe und Text neue Elemente in seinen Dialog schalten lassen. Er hatte die warme Sinnlichkeit seiner bereits bekannten diaphanen Zwischentöne den Dialog anbieten lassen, ohne sich aufzudrängen. Dieser Farbwelt hielten seine Seelenbilder entgegen. Nun in München konnte er Kommunikation fließen lassen.

In Aquarellen und Gouachen veranschaulichte er das mit einem existenziellen Lyrismus, etwa nach der Kunstauffassung Cocteaus. Nach jahrelanger Zurückgezogenheit hatte Reinhard für die zwei Ausstellungsprojekte in der bayerischen Hauptstadt dem Anschein nach zu etwas fröhlicher Leichtigkeit gefunden. Die hauptsächlich auf grundiertem Bütten- und Packpapier mit starklasierten Öl- oder Temperafarben gemalten Szenen mit Lyrik wollten sich jeder seichten Interpretation verweigern. Sie waren Ausdruck einer Identifikation mit jener Philosophie Cocteaus, die besagte, dass es in der Kunst „keine andere Ebene gibt als die der Liebe".

Reinhard wollte seine Bilder als Spiegelbilder seiner inneren Erregtheit verstanden wissen. Als Signale der Hoffnung vor dem düsteren Hintergrund einer zunehmenden seelischen Vereinsamung und Verarmung. In seiner Reise nach innen ließ er die nach außen projizierte Bilderwelt eigentümliche Konturen annehmen: Frauengestalten, Häuser, Tiere. Diese verdichteten sich in Farbe und Form zu magischer Einheit. Erzielten Wirkungen, die betroffen machen wollten. Das (eventuelle) Wiedererkennen der Motive blieb dem Betrachter vorbehalten. Entscheidend für Reinhard war, dass die gefühlsmäßige Erregung auf diese überging – sie emotional berührte.

„Urflecken voller Liebe" hatte einmal jemand Reinhards Werke genannt. Es waren Arbeiten, mit denen er in seinen Anfängen in Salzburg an die Öffentlichkeit getreten war. Cocteaus Frische und auch Leichtigkeit hatten ihn damals schon fasziniert: Die Begegnung und die Auseinandersetzung mit dessen Arbeiten hatten Reinhard seine Einstellung zur Kunst und zum Schaffen revidieren lassen.

Mit neuer Kraft und Überzeugung brachte Reinhard seine „Urflecken" wieder zu Papier. Bütten, Tempera, Packpapier ... die emotionale Komponente war auf diesen Materialien eine äußerst sinnliche. Seine Technik ließ hervorragende Strukturen zu, welche die Formgefüge seiner Flecken noch zusätzlich unterstrichen – die Zartheit, das filigrane Nebeneinander und die Ineinanderverschachtelung.

Reinhard stellte Cocteaus Dogma „Die Poesie (die Kunst) ist ein schreckliches Drama der Einsamkeit" seine ganz persönliche Stimmung zur Seite; in Farbwahl und Formen arbeitete er kompakt, während er bei den größeren Arbeiten das Gefühl vermittelte, er würde sich austoben. Im Formenkomplex vielschichtiger, kontrastreicher, setzte er alles gestischer; mit lasierendem Farbauftrag, die Flecken subtil strukturierend.

Reinhards lichte, leichte, spielerische Kommunikation musste sich aber an der Erfahrungswirklichkeit messen und somit reifen. Die leuchtenden, sonnig-warmen Töne wurden in die Ecke gedrängt, als Zitate einer Erinnerung an unbeschwerte Tage.

Der Schwerpunkt lag aber nie auf dem Autobiografischen: Die neuen Molltöne seiner Arbeiten wollten das Erreichen eines höheren Reflexionsniveaus markieren, den Betrachter aber teilhaben lassen. Die Arbeiten wollten zu einem Diskurs über das menschliche Sein auffordern. Dies balancierend auf den unwegsamen Klippen der zwischenmenschlichen Beziehungen und der letzten, letztendlich großen Fragen. Diese tastende Annäherung an die Sinnfrage beherrschte seine Bilder.

Nie verleugnete er aber zwischendurch aufblitzende Selbstironie und Heiterkeit. Das verlieh seinen Arbeiten

Tiefe – und eine neue Dimension. Der Text teilte sich den Raum immer mit kleinen Männern und Frauen am Rand, die wie Piktogramme auf die Leinwand gesetzt wurden. Diese Spielzeugfiguren hatten sich an der Unendlichkeit des Göttlichen gemessen – und waren letztendlich alleine.

Versatzstücke, wie eine Treppe, die ins Nichts verläuft, ein Käfig oder die Skizze eines Bauwerks, waren bedeutsame Synkopen der Begebenheiten, die er seine Bilder erzählen ließ. *Das Schicksal ist blind* nannte sich eines dieser Bilder. Und das mochte auch stimmen, aber die Geschichte, die es schrieb, und die Lebensfurchen, die es hinterließ, wurden mit möglichst großer Sensibilität und Sinn für Komposition und das Wesentliche zu erzählen versucht.

Reinhard meinte damals, dass man Bilder „für materielle Zeichen der Freiheit der Gedanken" halten müsse. So etwas setzte er zum Beispiel an den oberen Rand eines Werkes – als Bruchteil eines ganzen Textes, mit Grafit schnell hingeschrieben. Zarte Sprachfehler auf einem weißen Blatt entworfen.

Über dieses und jenes dachte er – auf den Bildern – nach, über die Wirtschaftskrise und den Frauentag, über die Kunst und den (Sich-)Menschen, über Gott und die Welt; es waren spontane Gedankensplitter – vielleicht auch lange überlegte Sätze. Ein Tagebuch im Großformat – um aus dem Elfenbeinturm auszubrechen: um sich einzumischen, um der Realität ins Auge zu sehen.

Er schrieb, voller Energie und so, als ob er des alleinigen Gebrauchs der Malerei überdrüssig geworden wäre, sich Zorn und Freude und seine Meinung von der Seele. Wort und Schrift waren in der Intention nur das Bild dahinter.

In dieses Schriftfeld projizierte Reinhard bis zur Unkenntlichkeit zerlegt seine Emotionen. Als hätte er ein Buch geschaffen und anschließend seine Seiten so bemalt, als sei der Zufall auf die Worte gestoßen, als seien es – fürwahr – nach außen gefallene Träume. Eine Landkarte, die eigene, die das Geschriebene überlappte.

Niemals wollte Reinhard sich an die Wortrahmen seiner heftigen Diskussionen und Worte, die zu überzeugen versuchten, erinnern. In der Bildmitte ließ er ästhetische Gebilde zart, sensibel, niemals aufdringlich, immer poetischer entstehen. Ab und zu wirkten manche Visionen bizarr; sie lösten sich auf und zerfielen.

Was sonst.

Manchmal.

Er verdichtete die Farben oft, um sie, je weiter sie sich vom Zentrum entfernten, in einem diffusen Nebelschleier immer mehr verschwinden zu lassen. Und es gab auch schwarze Striche auf seinen Bildern – wie Spuren von Elementarteilchen auf einem Bildschirm.

Er versuchte – das als Konstante nun – *ganz neue Wege* zu gehen, so sagte man – er machte Gratwanderungen zwischen Innen- und Außenwelt. Er hielt schöne Visionen, Träume, auch Zufälle und Graues im Leben fest. Da und dort nichts als Realität. Seine Bilder waren sein Versuch, der Spannungen dabei Herr zu werden, Gegensätze auszugleichen, ein Versuch, Reflexion und Reinhards Ursprüngliches miteinander zu verbinden.

Um vielleicht so – oder nur so – seiner Vision von Freiheit näherzukommen.

Es war kein leichtes Unterfangen – alles.

Denn sich vorzustellen oder zu sehen, das war das eigentliche Dilemma.

Und so saß Reinhard nun wieder da.

Er dachte an seine Anfänge in Wien zurück – wie damals alles überraschend und neu gewesen war. Nichts hatte er vergessen, wie ein Vermächtnis war alles da. Nichts war langweilig gewesen oder zu viel. Er verstand, dass er recht glücklich gewesen war. Wenn er das bloß erkannt hätte – und drangeblieben wäre.

In Wien hatte Reinhard, bibliogewandt, die Gedanken der hellsten Meister durchgekaut. Diese systematisch absorbiert, um daraus, schrittweise, seine eigene Philosophie zu schmieden. Er war frei von Zwängen gewesen, zu wichtigen Schlussfolgerungen gekommen. Kunst und Philosophie waren der richtige Weg gewesen. Er hatte dort die für ihn wichtigen Schritte getan. Um mit der Welt zu sprechen.

Reinhard schüttelte den Kopf: Warum musste er von sich selbst hierher, in seine Heimatregion, zurückgeschleppt werden, in diese Umgebung und Welt der geistigen Umnachtung? Er konnte es sich kaum verzeihen. So sehr war er hier in seelischen Kummer geraten.

Reinhard und sein Freund Andreas blickten im Atelier auf einige noch leere Leinwandflächen, die herumstanden. Morgenhimmel, klare und neue, wollten da drauf. Keine zerrissenen Hecken. Zu erkennende Horizonte. Keine verbrannte Erde.

„Bei jedem gibt es im Gemüt und in der Seele Spuren, die zeigen, dass es mal Stürme gegeben hat", meinte Andreas, nun gemeinsam mit Reinhard im Gastgarten eines Wirtshauses sitzend. Und fügte hinzu, dass Reinhard in irgendeiner Weise zu viel Schwarz gesehen hätte.

Es war ein Juli, vergoldet wie die Sonne selbst.

„Solltest du denken, dass es doch zu einem Teil an dir liegt", fuhr Andreas fort …

… während Reinhard gerade in einer Vergangenheit aus Wäldern von hohen Fichten schwelgte, wo sie drei bis vier Freunde, als Indianer verkleidet, hinter ihren Stämmen hervor sich selbst gebastelte Pfeile mit krummwackeligen Bögen nachschossen …

„… ich selbst war in gewisser Weise fassungslos über die Erleichterung gepaart mit Freude, als ich anfing zu vergessen …"

… Reinhard war in sich versunken, schaffte es nicht, genau zuzuhören, er dachte: „Wir leben hier in den Bergen, es wird gezüchtet und gesammelt, was der Boden hergibt. Mit dem Heu wird Vieh gefüttert, um Milch, aber auch Aufenthalte in dieser begnadeten Landschaft zu verkaufen. Zum Füllen aller Münder. Das Ganze, mit dem Wald rundum, mehr oder weniger komplett. Im Winter gibt es Flocken, auch diese an Winterreisende angeboten als pures Gold – mehr oder weniger komplett."

Andreas kannte das bereits. Es störte ihn nicht.

„Es tut mir leid, mein Herz tut weh … wenn ich so nachdenke", sagte Reinhard. „Wie können die Leute hier zufrieden sein? ‚Hauptsache ist, gesund zu sein, und dass wir gut gelebt haben.' Das kann es doch nicht gewesen sein."

Eine Katze, die mit hochgestrecktem Schwanz unter ihrem Tisch miaute und schnurrte, schnappte sich aus Reinhards Fingern, als Rest von seinem Teller, ein Stückchen Lachs.

„Unter sich müssen Menschen oft ganz andere abnorme Köder benutzen", fuhr Reinhard fort.

Vor Begeisterung mit den typischen Beißbewegungen und dem Hintern auf den Steinboden herabgelassen, fraß die Katze aus dem Untersetzer seiner Kaffeetasse, mit schräger Kopfhaltung kauend, alles, was darauf lag, bis er blitzsauber war.

Sie bestellten Wein nach und machten an diesem etwas diesigen, lau-angenehmen Nachmittag noch Anspielungen auf Männer, die für politische und andere Verwüstungen, auch in Sachen Kultur, verantwortlich waren. Diesen, lächelnd und auch lachend, zusprechend, dass sie, kraft ihres Amtes schon recht gut wüssten, was sie dabei gewinnen würden.

Solche Stunden halfen Reinhard sehr. Auf besondere Art und Weise war Andreas wie ein berufener Weltmönch, der seine Aufmerksamkeit, von sich weg, auf die anderen richten konnte und die Menschen dabei als das wahrnahm, was sie waren, und sie darin bestärkte.

Umso schlimmer war es für Reinhard, als kurze Zeit später der Anruf kam.

Andreas war über Nacht plötzlich verstorben.

Reinhards Herz sackte in sich zusammen.

Bodenlos

„Papi, warum stirbt man? Papi, du sagst immer das Wort ‚Geist‘. Papi, Prinz Geist sagt auf Saturn, dass er aus der Provinz kommt und dann reich geworden ist, und jetzt kann er in seinem Schloss gut essen, weil sie für ihn kochen."

„Prinz Geist würde nicht auf Saturn von einer Klippe springen müssen, weil es dort keine Klippen gibt."

Die Kinder runzelten beim Blickschärfen die Stirnfalten zwischen den Augen „Okay, gute Nacht, Papi, ich hab dich lieb."

„Ich euch auch!"

Eines der Kinder kroch noch einmal aus seinem Schlafsack und gab Reinhard einen Kuss.

Ja, Reinhard hatte in der Zwischenzeit geheiratet und Kinder bekommen. Zwei Mädchen, die etwas ganz Besonderes waren. Und einen Sohn, der fein fähig und stolz kraftvoll wuchs. Wenn er seine Kinder ansah, wollte er, dass der Sohn das Leben mit beiden Händen anpacken würde, dass die Töchter, auch wenn sie jetzt noch im ganz zarten Alter waren, als Erwachsene kluge, schöne Frauen würden.

„Papi, stirbst du auch einmal?"

Er begleitete die Kinder zur Fähigkeit, den echten Kern ihres Lebens zu erkennen, diesen als Samen, wie bei einem Pfirsich-, Pflaumen- oder Marillenbaum, in die Erde zu stecken, ihn zu gießen, bis er keimt und dann zum Baum wird, einem gesunden, wenn man achtsam aufpasste.

Er argumentierte, dass die Geschichten über die persische Prinzessin und die über Jesus mitsamt seinem tragischen Tod auch wahr waren – um zu zeigen, wie man wachsen sollte. Sie dachten gemeinsam über das Gesagte nach.

Er überwand mit ihnen Krankheiten. Er geriet in eine Phase des Kindertrotzes, in der Vorwürfe gemacht wurden. Er bemühte sich zu wissen, was er sagen sollte. Er legte auch ein längeres Schweigen ein. Er fragte sich, ob die beiden Mädchen sich mit anderen Jungs Küsse geben würden, solche, die in der jungen Phase tief ins Ohr des Gemüts reinsangen. Er gelangte mit dem Familienautomobil an einen empfohlenen, besonders schönen Ort, um mit den Kindern die einmalige Show eines rotglühenden Sonnenuntergangs zu sehen.

Sie fingen gemeinsam an, Worte hin zu anderen Horizonten zu bewegen, um plötzliche Freuden, die das Herz einnahmen, besser zu verstehen. Fingen an, Dinge, die wichtig sind, zu differenzieren und sich für solche zu entscheiden, die zu Wohlergehen führten.

Sie beobachteten Eichhörnchen während einer kurzen Campingerfahrung. Sie stellten mit funkelnder Intensität Feuer und Laternen in die dunkle Wiese, um eine Milchstraße zu beschwören – als letzte Möglichkeit, um das sich anbahnende Böse zu vertreiben. Sie saßen stundenlang unglaublich stumm da, um ins Weite zu schauen.

Vieles zeigte sich unglaublich klein und fühlte sich auch so an. Mickrig, inmitten der Natur und unter den Sternen. Die Gegenwart Gottes verlor an Wichtigkeit. In den eigenen und der drei Kinder Herzen zögerte es vor Erstaunen – und sie akzeptierten gemeinsam, so gut sie es nur konnten.

Sie verstanden, dass etwas, das einmal eine Konstante war, plötzlich keine mehr sein konnte. Sie ließen gemeinsam die Haare und Zöpfe anders herunterhängen, quasi als Schutz, weil Lug samt Betrug auf der Tagesordnung standen.

Er machte manche morgendliche Spazierfahrt zum Safarizoo nach Affi.

Weil er die Kinder nun nur mehr an manchen Tagen sehen konnte.

Es war sehr schmerzlich für Reinhard gewesen, zu erleben, wie ein willkürliches Handeln das ganze Leben von ihnen allen verändern konnte. Er hatte sämtliche Paddel aufgehoben, um den plötzlich eintreffenden, rabiat zerstörerischen Wellen etwas entgegenzusetzen. Weil seine Frau ihr Gleichgewicht verloren hatte, war ihrer aller Kanu umgekippt.

Ihr Lächeln war tot gewesen, Reinhards Lächeln war tot gewesen, alle Bewegungen verschlossen, das Gesicht des Dritten versteckt gehalten.

Am Anfang noch, jedenfalls einmal pro Woche, klassische Psychoanalyse für die Dinge der Paare, plus mentale Board Direction, psychoakademische Rollenspiele samt Abtauchen in Therapien verschiedener Disziplinen, ausgedacht fürs Arbeiten mit Ehepaaren, Gruppensitzungen, Führung durch alle möglichen Varianten … Reinhard war wütend geworden, denn am Ende dieses Ganzen war es dann doch vor Gericht gegangen.

Er selbst war zu nichts verurteilt worden, hatte sozusagen gewonnen. Aber er hatte alles verloren. Er hatte keine Familie mehr.

Neue Wege

Wie bekommt man einen neuen Ort, wenn man fürs Erste nur weiß, dass man weg will?

Ein Kollege empfahl ihm – weil ihm das auf „vielfältige Weise helfen würde" – NLP, Neurolinguistisches Programmieren, das als neue Form der Kommunikationstechnik gerade in Mode war.

Um einen Bogen zu spannen – damit der Pfeil gut traf –, musste der Bogen erst einmal vorhanden sein. Doch Reinhard startete so neugierig in die Sache, als hätte er eine Krankheit. Eine, die nur auf diesem Wege gestoppt werden könnte. Nach einem Schnupperseminar hatte er bereits großes Interesse an einer – eindringlich angebotenen – Ausbildung in NLP. Damit eine Prophezeiung sich erfülle, sagte Reinhard sich, musst du freiwillig auf einen großen Turm klettern, dich dann von diesem Turm herunterstürzen und Vertrauen darin haben, dass du gerettet wirst.

Zwei Jahre dauerte das Erklimmen dieses Turmes: die Stufe des „Practitioner of NLP", ein Level mit international anerkanntem Diplom. Durch intensive Beratungen mit mehreren Trainern, Übungsaufgaben und emsiges Arbeiten sowie ein von Haus aus beanspruchtes Haltungsopfer des Herzens.

Aus dem Lehr-, Arbeits- und Übungsbuch lernte er, dass auf allen höheren Ebenen ein Lernen durch Versuch und Irrtum geschehe. Dass somit bestimmte Aktionen als Fehlentscheidung erkannt und durch andere ersetzt würden.

Reinhard hatte zu lernen, dass Lernen Veränderung in der spezifischen Wirksamkeit der Reaktion durch Korrektur von Irrtümern bei der Auswahl innerhalb der Menge von Alternativen sei. Dass Lernen auch bereits beim Phänomen der Gewöhnung geschehe. *Ein wiederholter Reiz, der anfangs eine bestimmte Reaktion auslöst,* werde schließlich nicht mehr als störend wahrgenommen. Sodass die Reaktion von nun an ausbliebe. Dass Lernen auch Veränderung im Prozess oben sei: eine korrigierende Veränderung in der Menge der Alternativen ... von denen die Auswahl getroffen werde. Oder dass Lernen eine Veränderung in der Art und Weise sei, wie die Abfolge der Erfahrung interpunktiert werde.

Reinhard musste lernen, dass menschliches Verhalten durch derartige Lernprozesse bestimmt sei. Die oft schon in der frühen Kindheit stattgefunden hätten. Dass im sozialen Miteinander all das nützlich sei, was Menschen ihre eigenen Lebensziele unter Berücksichtigung ihres gesamten Umfeldes zu erreichen helfe. Beziehungsweise die Lebensziele zunächst einmal zu entdecken, um sie dann zu erreichen.

Reinhard lernte, dass es im sozialen Miteinander immer darum gehe, Balance zu halten. Zwischen den persönlichen Bedürfnissen und den Bedürfnissen anderer Menschen: Arbeitskollegen, Freunde, Partner und Familie ... Je klarer und bewusster er seine sensorischen Kanäle zur Verfügung hätte, desto freier, respektvoller und liebevoller könne er mit sich und anderen umgehen. Er lernte etwas über Vorannahmen und dass er alles, was er brauche, schon in ihm angelegt sei.

Dass jedes Verhalten für ihn eine positive Absicht habe. Dass er immer das Beste tue, was er im Moment könne. Dass er ein Verhalten oder Gefühl erst dann aufgebe, wenn er etwas Besseres gefunden hätte. Dass innerhalb dieses Rahmens Flexibilität, sensorische Genauigkeit und bewusst klare Ziele zu erkennen und zu setzen als Fähigkeiten unbedingt nötig seien …

Irgendwann wusste er alles darüber, wie man nicht krank wird.

Reinhard wurde während der Ausbildung wie Soße tiefgekühlt und auch mal sanft auf die Stirn geküsst. Aus Legenden und Traumreisen wurde Sinngemäßes extrahiert, das Umgepolte zu vermitteln gelernt. Da rutschte er manchmal weg.

Er brauchte, im Seminargelände, manchmal auch nicht eine ganze Nacht bis zum nächsten Tag. Gebetet hat er da nie, aber geübt hat er, ganz für sich allein und, wo auch immer, mit Großgeist zu reagieren. Grundsätzlich herrschten Freude und recht kecke Atmosphäre. Es herrschte auf jeden Fall ein Entdeckergeist. Und auch die Erkenntnis, dass etwas, was geliebt schien, zu verschwinden habe, um Vorteilhafterem und Besserem Platz zu machen.

Er hatte alle Elemente (s)einer effektiven Seelenheilsgeschichte beisammen. Er bewegte sich „draußen im Leben" noch mit dem Ventil in der Hand, das er seinem inneren Dampfhochdruckkessel gerade abzuschrauben geschafft hatte.

„Nun gut, nichts mehr in alter Manier tun, und jetzt weiter!" Funktional.

Er hatte letztendlich den Kopf eines Kriegers eingeimpft und eingerichtet bekommen. Sein Wasser fing allem Anschein nach an, so zu fließen, dass es in die Tiefe drang und wie dünner, heilender Nebel aufstieg, um in seinem Geist einen schönen Teich zu bilden. Den er weitergeben hätte sollen.

Reinhard hatte weiterhin Miete zu zahlen, als er mit diesem Kommunikations-Practitioner-Zertifikat zurückkam. Den NLP-Eingebungen und dem Gehirntraining zum Trotz hatte er kein Unternehmen. Kein großes mit speziellen Werbestrategien, vielen Kunden und industrieähnlichem Management. Es gab sie nach wie vor, die vielen Stacheln da draußen. Die immer noch nicht weicher geworden waren. Aber er hatte es geschafft, ein kleines bisschen davor wegzulaufen.

Durch die Pause, die er von seinem Leben gehabt hatte, spürte er die Handschellen und Rückschläge nicht mehr allzu drückend.

Er musste aber unbedingt Geld verdienen. Es gab für ihn nur einen Weg: die nächste, schnell organisierte Ausstellung.

Chiffrenartige zarte Schriftzeichen verschmolzen wieder mit dem Bildinhalt. Ließen die Beschauer einmal mehr rätseln, wieder auf Zitatassoziationen kommen. Und gaben – auch wenn das nicht unbedingt in dieser Umgebung gewünscht wurde – Denkanstöße. Reinhards Werk eine neue Dimension.

Die Texte waren erneut nur relativ wichtig. Reinhard wollte auch hier wieder dreierlei miteinbeziehen: Kunstbetrachter, Kunst, Künstler.

Mit einem neuen Bilderzyklus wollte er einen Kreis schließen, der gut zwanzig Jahre zuvor begonnen hatte. Damals hatte er seine farb- und formspontanen geistigen Impulse vorwiegend in Aquarell ausgedrückt. Daraufhin hat er immer wieder gesucht, versucht, hinterfragt. Die jahrelange Auseinandersetzung mit verschiedenen

Kunstszenen, die Studien der Malerei, der Architektur und der Psychologie sowie seine Auslandsaufenthalte hatten in seiner Arbeit ihren Niederschlag gefunden.

Er verdichtete für die Ausstellung die Realität zu einem zeitlosen Symbol. Wobei er seine Daseinsfrage wieder in ein freies offenes Zusammenspiel von Farbflecken und so weiter übersetzte. Ein auffallend weißer Hinter- bzw. Untergrund seiner *Bilder* stand für Licht und für das Positive schlechthin, das er, trotz allem, signalisieren wollte.

Er wollte in der Befreiung von Farbe und Form aus althergebrachten Bildbezügen tiefschürfende Gedanken um die lebendige Philosophie darlegen. Und wo es nur ging, baute er in seine Aussagen die Psyche mit ein. Er drang durch differenzierteste Farbtöne auf einem gleißenden weißen Hintergrund in tiefe Seelensphären. Seine.

Es ging ihm bei dieser Ausstellung um die Erscheinung, um die Ausstrahlung, um den ersten Augenblick, die ersten Momente einer Begegnung, den stimmigen ersten Eindruck, den Urzustand einer Begegnung, wo noch kein Wort gefallen und doch schon alles gesagt war. In diesem Zustand länger zu verweilen, war die Absicht seiner künstlerischen Geste. Die Absicht, auch einen Moment tiefen Menschseins, intensiver Menschlichkeit zu erhaschen. Da ja Begegnungen den Urmoment dazu auslösen. Er nannte seine Werkschau von etwa gut zwei Dutzend verschiedenformatigen Bildern: *Neurolingua – Lyrische Metaphern.*

Reinhard war kein Schönfärber. Seine Malerei griff wieder tiefer und wurde deshalb nicht von allen auf Anhieb aufgenommen. Tatsächlich kamen einige renommierte Herrschaften, die neugierige Blicke auf das, was er machte, warfen, glühendes Interesse konnte man das aber nicht nennen. Auch die Anzahl der Leute, die an seiner Kunst interessiert waren, war, wie er zur Kenntnis nehmen musste, dramatisch zurückgegangen.

Nun stand er mitten auf einer stark existenzbedrohenden Seinskreuzung. Der Tunnel vom verlassenen Urnest bis hierher war zubetoniert. Es gab kein Zurück mehr.

Reinhard hielt einen Moment inne.

Es gab nun zwei Wege. Den einen, den transversalen, der mit den Lebensabschnitten bisher markiert war. Und den zweiten, bei dem er nicht zu sagen vermochte, in welche Richtung er ihn einschlagen sollte.

„Nun", dachte Reinhard, „mein Leben sollte fürs Erste gebügelt und feinsäuberlich gefaltet werden." Und ging von dem Ganzen, das mit ihm und um sein ganzes Tun und Sein unmittelbar um ihn geschah, innerlich etwas weiter weg. Er betrachtete alles umgedreht – für eine kleine Weile einmal dissoziiert. Joseph Murphy mit seinem Buch *Die Kraft des positiven Denkens* half ihm ein wenig.

Die Schritte der spezifischen Beratungsszene zur Erläuterung von gezielten Interventionsmaßnahmen zum Beschreiben und Demonstrieren davon, wie doch praktisch und gezielt-direkt Reinhard nach wie vor trotz allem motiviert war, hatten nichts gebracht. Um zu verhindern, übereilte Entscheidungen zu treffen, gab er sich als neuem Wissensbereich wieder intensiv der Literatur, also dem Lesen hin.

Weil er etwas Neues erfuhr, spürte er anfangs eine extrem befreiende Wirkung, da es ein ganz reines Lernen war. Und er empfand, erfand dann auch Methoden für ein entsprechendes Rundumreagieren. Er dachte über Sinn und Zweck seines Tuns nach.

Anders gesagt, es kam ihm vor, als hätte er grundsätzlich bisher immer gearbeitet, um ausschließlich daraus Vorteile zu ziehen. Das spürte er, weil er jetzt so erbärmlich entmutigt war – so sehr, dass es keine persönlichen Opfer mehr zu bringen gab oder galt.

„Hier", sagte Klaus, ein guter Bekannter. „Das wäre doch etwas für dich. Von Søren Kierkegaard." Klaus wusste ganz genau, wie er ihn aus seinem ziemlich engstirnigen Loch mit klingendem Fokus für ein Projekt rauslocken konnte.

Drei Jahre zuvor hatte er nach der Reinhard noch völlig unbekannten „Methode nach Rudolf Steiner" eine private Schule mit Ziel Maturaabschluss gegründet, in der, getragen durch eine strenge, auch religiös geladene Moralität und Sitte versucht wurde, so viel Spaß wie möglich am Lernprozess zu vermitteln. Der anthroposophisch-idealistische Philosoph hatte das Studieren, also Lernen in Epochen entworfen, einstudiert und propagiert: Es ging mit einladenden, wenn auch nicht perfekten Hypothesen einher, wie man einen ganzheitlichen Komplex schaffen kann, um Probleme zu lösen. Niemals kurz und schnell, nach nur ein paar Lernerfahrungen.

Klaus lud Reinhard ein, sich einen kreativen Workshop auszudenken, um diesen dann mit der Maturaklasse in den Didaktikräumen des Museums für moderne und zeitgenössische Kunst in Bozen durchzuführen.

Die Jugendlichen hatten kontrovers eigensinnige und aber sehr starke Charakterzüge. Sie wollten eine einfache Antwort auf die Frage nach ihrer ganz eigenen Kreativität. Das Verständnis dafür hätte ihnen – dachte Reinhard sich aus – eine Antwort geliefert, die in gewissen

Detailaspekten ihr Leben dauerhaft ein wenig verändern könnte.

War sein Kreativitätsprojekt ein etwas illusorisches Unterfangen? In der Intention und in der Erwartung eigenwillig zu hoch gesteckt? Nach drei Wochen bekam er vom Direktor folgendes Schreiben ausgehändigt:

„Kunstprojekt 11. Klasse WOB

Herr Reinhard arbeitete im September 2009 drei Wochen lang jeden Nachmittag mit unserer WOB-Pionierklasse und schaffte es, Unglaubliches aus unseren Studenten ,herauszuholen' bzw. ,freizubekommen'.

Nach dem Motto ,Der Gedanke verwandelt sich in ein Bild, von der Fantasie zur Leinwand oder von der Leinwand zum Kunstwerk' arbeitete sich Herr Reinhard von Packpapier als Übungsbögen weiter voran zu Collagen und weiter zu harten mittelgroßformatigen Kartons. Collagen und Farben bekamen durch unsere Studenten unter der geschickten und motivierenden Leitung von Herrn Reinhard ein dynamisches Eigenleben und die mit Freude und Spaß ,erarbeiteten und erspielten' Kunstwerke beeindruckten am Abend der Vernissage alle anwesenden Besucher und Beteiligten.

Wir sind froh, dass sich Herr Reinhard der Klasse auf ihrem äußerst spannenden Weg zur Matura ein Stückchen, um unablässig ihr Bewusstsein zu fördern, angenommen hat.

Wir drücken Herrn Reinhard zu seinem derzeitigen Wirken unsere ausdrücklichen Komplimente aus und wünschen weiterhin einen so erfolgreich kreativen und ausdrucksstarken Schaffensweg."

Auch einige Eltern schrieben Reinhard nachträgliche Anerkennung in schönen Briefen. Trotzdem ergaben sich
für sein Projekt keine weiteren Möglichkeiten mehr. Hinzu kam, dass sich auch sein Gemütszustand in dieser
Zeit zunehmend verschlechterte. Er hatte nach all den
Rückschlägen keine Kraft mehr. Alles, was er tun wollte,
verlangsamte sich. Bald kroch Reinhard nur mehr wie
eine Raupe vorwärts, nein, eher umher.

*Manchmal bricht das Leben einem den Atem entzwei.
Bist du hoch am Himmel gewesen und dann auch in
wildem Kreisen ganz höllisch tief gefallen, durch wilde
Falkenkreise fallen gelassen worden, leidest du zwangsläufig (emotionalen) Hunger. Und als du fielst, fiel auch
die Luft. Deine Luft zum Atmen.*

Reinhard war hungrig. Seelisch. Mit seinen Händen
konnte er sich auf den Maltisch gestreckt aufstützen, wie
er wollte. Energisch gedehnt war, wo und in welche
Ecke auch immer er hinsah, nichts mehr. Wann hatten
seine Augen das letzte Mal gut gelaunt funkeln können?

Aufregung, Schüchternheit, Lachen, perfekte weiße
Zähne, gerade Linien, freie Kurse et cetera hätte er aus
weiter Ferne her jetzt versuchen müssen zu erraten. Seine Augen waren nun so dunkel, dass er fast nur mehr
schwarzsah. Er nahm Einbrechendes und Einbrecher
wahr.

Wo endet die Störung, wo beginnt das Wohlbefinden?

Peripetie, wieder einmal

Der Kastanienbaum hinter dem Haus, in dem er wohnte, fesselte ihn schon lange Zeit nicht mehr. Auch der Feigenbaum nicht. Reinhard sprach, was er in dieser Form selten tat, ein Gebet, richtete sich auf und wickelte in seinem Geist das Objekt Abschied so sorgsam, so sorgfältig, so fest ein, dass es in seinem Willen als Flamme ganz hell leuchtete.

Er nahm seine Tasche unter den Arm (die alles beinhaltete, was von ihm oder über ihn geschrieben wurde) und stopfte mit allem, was er an Hab und Gut hatte, den Wagen voll. Die Infrastruktur des Ateliers würde später nachkommen, mit einem etwas größeren Lieferwagen. Man würde ihm die Spesen schon spendieren.

Reinhard hatte unwiderruflich und entschieden beschlossen, über Nacht und ohne Rücksicht auf gar nichts mehr nach Innsbruck abzuhauen, in jene Stadt, in der er sich als junger Mensch wohlgefühlt hatte und die er als überschaubar und nicht allzu weit weg vom Leben seiner heranwachsenden Kinder empfand.

Es war Sommer und Reinhard schickte seinen Lebenslauf, der, wie er glaubte, nach außen hin etwas darstellte, emsig an Leute in Kulturgremien und Ämtern.

Und es sollte bald schon zu einem Treffen kommen.

Zu einem Treffen, das sein Leben verändern würde.

„Sie haben mir am Telefon gesagt, dass Sie als Künstler arbeiten", war der erste Satz, den er von ihr hörte.

Lachen.

Der schüchterne und zuweilen neugierige Blick in den Augen dieser jungen Frau wirkte unversehrt, eigenartig, ja, einzigartig.

Reinhard begann zu erzählen, warum er wegwollte, neu anfangen wollte. Mit nicht ganz todernster Miene hielt er dabei seine Arme vor der Brust verschränkt.

Lachen, zu zweit.

„Wir werden sehen, was wir für Sie tun können."

Sie begleitete Reinhard zur Tür, und er fragte, ob sie nicht gemeinsam einen Kaffee trinken gehen könnten.

Eineinhalb Monate später, als Reinhard über seinen Maltisch im neuen Atelier in Innsbruck herumblickte, wanderten seine Augen zum Karton mit den Papieren, den er mitgebracht hatte. Die Ärmel hochgekrempelt, hielt Reinhard ein. Es war ihm bewusst, dass all dies jetzt seinem Überleben dienen würde. Es ging gerade nicht um emotionale Wunden, er hatte keine Kraft mehr übrig, um in die Richtung etwas zu vertuschen. Die neue Situation war wie eine Schmerzspritze, die das Potenzial hatte, alles an Unbehagen angesichts dessen, was war, zu beseitigen. Er sagte sich in diesen Wochen täglich, dass er nun die Chance und die Möglichkeit hätte, alle bis hierher angesammelten Lebensdemütigungen wegzuschrubben.

Bald schon stellte er mit Verwunderung und einem Gefühl innerer Erhabenheit fest, dass er hier offen seinen Familiennamen tragen konnte, ohne gleichzeitig innerlich auf den Boden zu starren: Herr Rossi klang in Innsbruck endlich nett, gar mehr als das, weil es die Leute hier irgendwie mit etwas Fröhlichem im Ton ihrer Stimme aussprachen.

Die Räume fürs Atelier hatte die äußerst nette Dame, Therese, Zia, wie er sie bald nennen würde, durch eine

Intervention ihres Vorgesetzten gefunden. Sie waren ihm für eine Monatsmiete vermittelt worden, die bei den sonstigen Tiroler Mietpreisverhältnissen eine humane war. Reinhard hatte großes Glück.

Auch das Beziehen der Räume war von Anfang an reibungslos vonstattengegangen. Die beiden Hausmeister der Institution, die ihm die Räume vermietete, konnten ihn auf Anhieb gut leiden. Und einer der beiden half ihm besonders, indem er zum Beispiel veranlasste, dass zum Winter hin eine Heizungsanlage eingebaut wurde.

Verfall war den Räumlichkeiten wohl anzusehen. Diese achtzig Quadratmeter waren Teil einer ehrwürdigen alten Tischlerei gewesen. Die bauliche Infrastruktur eher morsch, war es da drinnen grundfeucht, und das Heizen schaffte nur um die siebzehn, achtzehn Grad Raumtemperatur. Bei der Malerei mit den Ölfarben war das ein handfestes Problem.

Durch die Schwingungen im Raum – Reinhard bildete sich ein, auch die Sägespäne der ehemaligen Tischlerei zu riechen – war aber alles brauchbar, und das Objekt befand sich quasi mitten in der Stadt: ein Stöcklgebäude, umsäumt von fünfstöckigen Wohngebäuden mit Sozialwohnungen, aus deren Fenstern und Balkönchen Hunderte sozialgeförderte Augen blickten.

Natürlich wurde Reinhards Einzug bemerkt und genauestens beobachtet. Argwöhnisch. Die Leute hielten zappelnd-besorgt-erregt bei der Gebäudeverwaltung des gesamten Rundumkomplexes Nachfrage à la „Sagen Sie uns, was der da drinnen sagt und tut", es sei ja „ein Künstler" eingezogen und es brenne bis spät in die Nacht ein Licht „da unten drinnen", wo ansonsten und „früher" ab achtzehn Uhr alles „finster mit keinem mehr da drinnen" gewesen sei. An manchen Orten sind Künstler – nun mal – suspekt.

Als sei also hier Reinhard aus keinem bösen Traum geweckt worden, war das Erste, was er dachte: „Auf wieder in den Kampf!" Tatsache war, dass er von Innsbruck trotzdem verzaubert war.

Und er war jetzt wieder ein Mensch, der im Dunkeln seines Ateliers, wenn auch am Anfang recht dürftig und ziemlich unterkühlt, zu Hause war. So galt es also zunächst, etwas zu tun, um sich an das tägliche Leben anpassen zu können, dies gar zu schaffen. Hier hatte er keine Rollenspiele parat. Solche wären auch nicht gut angekommen.

Je nach Umfeld handeln wir anders, sagen Verhaltensphysiologie und -psychologie – und so erfuhr Reinhard bald, dass die große Institution für Menschen mit Behinderung, welche mit millionenschwerem Budget agierte, für neue Kräfte warb. Da erkannte er seine Chance, etwas Wichtiges zu bewirken und wieder Geld zu verdienen, was er dringend benötigte.

Reinhard dachte an den Kreativworkshop zurück. Er änderte die Szenen und Szenarien wie in einem Spiel, schrieb die kreativen Flügel seines Projektes für diese anders begabten Menschen um und meldete sich mit einer Mappe unterm Arm bei der Institution.

Man wollte ihn nicht abweisen, doch es hieß, er sollte, bevor sein Projekt mit allen Details wegen der Machbarkeit und Durchführbarkeit in Angriff genommen würde, die anders begabten Menschen erst einmal näher kennenlernen. Und er bekam die Möglichkeit, einigen dieser Menschen in betreuten Wohnräumen Besuche abzustatten.

Reinhard lernte deren Selbstbild sehr zu schätzen und auch die Kraft und den Mut, den sie trotz der teils schlimmen Widrigkeiten an den Tag legten. Während die meisten Menschen ständig ihre Rollen ändern wollten, verwandelten die weniger Begnadeten das normale Leben in eine klare Bühne, eine ohne Weiteres bespielbare, sah Reinhard da mit Verwunderung und Bewunderung.

Die Institution sprach sich dennoch gegen sein Projekt aus. Das System duldete nichts Neues, keinen neuen Wind – wollte „keine Unruhe" im bereits rein pflegerisch bestens Bewährten. Es war nun mal nicht jede neue Umgebung auch eine neu-andere Blüte.

Doch Reinhard bekam beim Vorsprechen so ganz nebenbei einen Rat, der für sein weiteres Leben entscheidend sein sollte: Er sei als eingetragener Künstler hierhergekommen, das sei im Lande ein Beruf, der in die Gruppe der Neuen Selbstständigen falle, somit sollte er zur Sozialversicherung der gewerblichen Wirtschaft gehen, um sich dort aufnehmen zu lassen. Auch könne er sich beim Künstlersozialversicherungsfonds in Wien bewerben, dieser würde Reinhards grundsätzliche Fürsorge in schier allen sozialen Belangen mitsamt den zu leistenden Beiträgen komplett übernehmen.

Bis der Bescheid aus Wien eintraf, dauerte es sage und schreibe zehn Monate. Aber als er das Kuvert aufriss, war er – o Jubel! – im neuen Staat anerkannter Künstler. Reinhard hatte eine eindeutige Identität zugeschrieben bekommen, und sein Selbstwertgefühl bekam in diesem Moment einen Auftrieb.

Zur gleichen Zeit meldete sich Reinhard auch bei der IG Bildende Kunst, wo er sofort aufgenommen wurde.

Er wurde zu einer Jubiläumsaktion mit darauffolgender Ausstellung in die Gumpendorferstraße in Wien eingeladen, zu der er gerne seinen Beitrag leistete.

Endlich konnte er seinen Namen auch wieder in den Zeitungen lesen, und wegen der nicht unbedeutenden Sache, an der er mitwirken konnte, fand er auch Erwähnung in den etwas bedeutenderen Blättern Wiens und des Landes.

Reinhards Atelier fühlte sich zwar weiterhin zu eng, etwas muffig und morsch an, aber er spürte Aufwind, gar staatlichen – und schaffte es dadurch, diese Räumlichkeiten aufs Schlossähnliche zu sublimieren.

Ein paar Monate später erfuhr Reinhard, dass die Direktorin der Kunstmesse in einem Teil ihrer Büroräume eine neu gegründete Wechselgalerie betrieb, die man für eine bestimmte Ausstellungszeit mieten könnte, sozusagen inklusive emsig propagierter Presseresonanz. Der Raum war überschaubar klein – und Reinhard fixierte einen Termin für die Ausstellung, die er *das unerträgliche der wälle* nannte.

Und, wie versprochen, berichtete *Wallstreet Online*. Reinhard hätte bewusst seiner Exheimat den Rücken gekehrt und sich jetzt in Innsbruck niedergelassen; er reflektiere mit seiner Ausstellung über seine ganz persönlichen Erfahrungen vom Weggehen, Ankommen, Heimischwerden und Heimatfinden; er hätte zudem das Wandeln und Suchen zwischen den Welten zu seinem Kunst- und Lebensprinzip erhoben, aber sich niemals mit den Begrenzungen und Wällen der Konvention begnügen und abfinden wollen; seine Werke zeugten von diesem künstlerischen Furor – in denen er seine Erfahrungen, malerisch wie grafisch, mitunter auch textgestalterisch, mit Formen und Nuancierungen auslotete; der unvermittelte Drang, sich auszudrücken, sei seit jeher für Reinhard streitbar, jedenfalls ebenso grenzenlos gewesen wie unser aller Unzufriedenheit bei aller fröhlichen, schelmischen, witzig-schmerzlichen Heiterkeit.

Aber wie wenig war dann tatsächlich los? Es kam bemerkenswerterweise, simpel gesagt, wieder einmal kaum jemand zu seiner Ausstellung.

Doch bekam er Besuch aus seiner alten Heimat.

Reinhard schüttelte das Wasser von seinen Händen, die er gerade im Waschbecken seines Malraumes gewaschen hatte, um ihm, der gerade eintrat, die rechte Hand zu reichen.

Dieser meinte, seine Kehle sei trocken von den paar Stunden Anreise. Reinhard blinzelte ein paar Mal und versuchte, sich auf dieses Gesicht, das er ja bereits kannte, zu konzentrieren. Zur Erfrischung und Abkühlung an diesem Sommertag tranken sie Wasser und schwenkten dann Wein in den Händen, um, ins Glas schauend, über Unsinniges zu sprechen. Sie wuchsen beim Palavern über sich hinaus, so wie Schatten – die mit dem Neigen des Lichts halt wachsen.

Es war Reinhard zuwider, aber er machte mit, und er wollte sich auch nur vage daran erinnern, dass sie beide in der Vergangenheit nicht unbedingt ein gutes Haar aneinander gelassen hatten. „Kein Problem, kein Problem, ich muss nur eine Weile auf heißen Kohlen sitzen … sonst nichts", sagte er sich, darauf wartend, dass der Besucher endlich damit herausrücken würde, was der Grund seines Besuchs war: Er brauchte ein Porträt, ob er denn bereit sei, eines von ihm zu malen. Es könnten dann weitere Aufträge folgen.

Was war das für ein Kreis, der sich niemals schloss und sich jetzt also wieder öffnete?

Reinhards Hirn wurde weich wie der Brei einer Wassermelone: Er brauchte verdammt noch mal Geld.

Und er sagte Ja, er würde schon beziehungsweise er wäre bereit das Porträt zu malen. Und so malte er es auch.

Seelenfragen

Reinhard erlebte wieder die tiefe seelische Spaltung hinsichtlich (s)eines Problems. Gewiss und bestimmt war er bereit, nun wieder alles zu tun, um Geld zu verdienen, auch wenn es für den Moment eine Tätigkeit sein sollte, die nicht wirklich ihm und seinen Fähigkeiten entsprach.

Und obwohl er sich bewarb, wie und wo es nur ging, wurde und wurde er nicht fündig.

„Früher oder später", dachte er, „wird es hell werden in meinem Atelier, für meine Arbeit als Künstler und auch für mich." Er glaubte fest daran und würde nicht aufgeben – und alles Erdenkliche dafür tun. Und er hoffte, die Wende und der Applaus würden die Dankbarkeit auch für jene Menschen bringen, die ihm geholfen hatten.

Er hielt seine Hände kurz vor seiner Brust gefaltet.

Und rief Zea an: „Nicht wütend sein, wenn ich mich bisher nicht gekümmert habe, ich tue es jetzt!" Und er lud sie zu einem schönen Essen ein.

Sie sagte Ja.

Reinhard und Zea trafen sich nun öfters, unternahmen immer mehr miteinander, auch Urlaubsfahrten. Reinhard war vielleicht nicht unbedingt ein weiser Mann, aber er wusste, wo die Sonne war. Und sie schien nun auch für ihn wieder ein wenig.

Er begann wieder zu arbeiten, als ob er eine Mission zu erfüllen hätte. Ihm fielen neue Motive für einschlägige Bildpräsentationen ein. Er zeichnete, malte und schrieb auf alles, indem er oft mindestens zwölf Stunden durcharbeitete. Nach den kleinsten Fehlern suchte er ausnahmslos nicht. Er sprach einen Galeristen an und behielt dabei ein professionelles Image.

Aber Reinhard fing in dieser Zeit auch an, unter körperlichen Verhinderungen zu leiden. Und bei einer Untersuchung entdeckte man, dass sich eine Ader in seinem Hals prozentuell in bedenklicher Höhe verstopft hatte.

Reinhard wurde an einen Spezialisten verwiesen, der ihm nicht nur bei seinem körperlichen Leiden half.

Stefan war selbst leidenschaftlicher Maler und suchte Reinhard immer wieder in seinem Atelier auf. Er wollte – und das schmeichelte Reinhard – seine Doppelbegabung wahrnehmen und anerkennen, dass er nicht nur Maler, sondern auch Lyriker war.

Oft sprachen sie über seine Werke und Stefan wollte verstehen, was sich da – auf den Malflächen – abspielte. Er sah gelbe oder gelbliche Flächen, die bei den plastischen Strukturen den Architekten im Künstler erahnen ließen. Und meinte, es sei eine sonnige, positive Welt, die beste aller Welten, in die Reinhard seine Menschen am Rande „einplumpsen" lassen würde. Er hatte den Eindruck, die dargestellten Personen, besser gesagt, Figuren seien eben aus dem Universum auf die Erde herabgefallen. Sie präsentierten sich ihm wie durch ein Fernrohr aus einem weit entlegenen Ort betrachtet, relativ klein im Verhältnis zur riesigen sie umgebenden gelben Welt. Abgekapselt und wie in einem Krater gefangen, den sie selbst durch ihr „Einplumpsen" produziert hatten. Die Figuren verharrten in Stefans Augen im

Zustand des Horchens, des betrachtenden Nachdenkens, aber waren auch im Begriff des sich Aufmachens, des Hinein- und des Herausschreitens.

Stefan meinte weiter – und Reinhard ließ ihn gerne seine Rede halten –, dass er seine Menschen allesamt in den unteren Ecken und Rändern seiner Bilder ansiedelte und somit aus einer bezogenen Position von außen und von unten aufbrechen ließe. Es fiel ihm die gräuliche, nach obenhin verlaufende, leicht gebogene Spur auf, als wäre sie wie ein Weg in und durch die *Sunny world*, die auf ihn wirkte wie das unausweichliche Schicksal des vorgezeichneten Lebens.

Stefan sah, dass dieser Weg, wie oben, durch plötzliche und laufende farbige Ereignisse durchkreuzt wurde, die immer unheimlich schnell abliefen. Und doch deutliche Reste des Geschehenen hinterließen. Er projizierte komponierte Flugzeuge in Reinhards Farbspuren hinein. Er fragte ihn, ob er also der Meinung sei, dass die Ereignisse, die uns treffen, Landebahnen seien, und fragte ihn, für wen. Oder ob es Startbahnen seien.

Warum Reinhard „nach wie viel Seele fragen" würde, sollte er ihm erläutern, denn in manchen kleineren Bildern, würde er – da lachte Stefan schelmisch – seine Menschen als Gehirnamputierte darstellen – um die Frage zu eröffnen, wo denn die viele Seele – so der Untertitel – angesiedelt sei. „Nicht etwa im Herzen", lachte Stefan auf. All unsere Emotionen und das Un- und Unterbewusste seien in unserem Cortex angesiedelt, also wohne die Seele wie der Verstand in unserem Kopf. Der Hirnlose, er deutete mit dem Finger auf die Stelle der Zeichnungen mit den durchschnittenen Schädeln, sei somit auch ein Seelenloser.

Reinhard war begeistert von Stefans Ausführungen und bat ihn, diese in einer Laudatio zur Eröffnung der nächsten Ausstellung in der kleinen privaten Galerie inmitten von Innsbruck zu wiederholen. Und dieser sagte zu.

Die Ausstellung fand in bester Adventszeit statt, unzählige Einladungen waren auch per Post an die Leute ergangen. Menschen zum Schauen kamen denkbar wenige, doch berichtete die führende Tageszeitung des Landes im Kulturteil des Blattes darüber.

Und so wurde auch dort über die einsamen Figuren am unteren Bildrand geschrieben, wobei der Redakteur – selbst Lyriker – neben Details und strukturellen Eigenheiten samt der leichten Farbvariation auch die gekritzelten Sätze erwähnte, die ihn an die niveauvolleren Notizen auf Clubtoiletten erinnern wollten und in seinen Augen im Grunde Variationen eines selbstreflexiven *I was here* wiedergaben. Er sah auch ein optimistisches Gefühl dargestellt, welches das Alleinsein der Figuren ausbalancierte; dass, den Posen und der Kleidung nach zu urteilen, sie alle unterwegs zu sein schienen oder nur hier auf kurzer Rast waren. Er sah klar, dass sie nicht auf dem Weg zueinander, sondern für sich allein waren, und meinte zudem, dass der Besucher der Ausstellung einen tiefen Blick in sich selbst werfen könne.

(Re)Naissance

Drei Wochen später wurde Reinhard vom obersten Chef-
chirurgen der Klinik am Hals operiert.

Reinhard hielt nach seinem Eingriff inne, dachte über
vieles nach. Und erinnerte sich an einen Text von sich,
von circa achtzehn, neunzehn Seiten, den er vor vielen
Jahren geschrieben hatte. Er durchforstete den Laptop,
wurde fündig und druckte die Zeilen aus.

Seit er zusammen mit dem Schriftsteller die Bilder geschaffen hatte, war er in seiner Kunst immer wieder ly-
risch tätig gewesen und hatte damit begonnen, so quasi
als emotional-seelisch-geistiges Tagebuch festzuhalten,
was in ihm vorging: recht eigenwillig, eigensinnig formuliert.

Jetzt, wo er diese Seiten wieder las, fand er die losen
Sätze eigenartig lebendig, sehr. Ja, sie gefielen ihm, diese Fetzen gelebten Lebens. Sie waren saftig – und ihm
fielen assoziativ-abrupt die Kerne des Granatapfels wieder ein, wo auch jeder Kern zwar irgendwie für sich
lose ist, aber alle gemeinsam und im Ganzen eine eigenwillige Frucht bilden. Und wie damals, als Reinhard die
Kerne aus der Frucht las und vor sich aufreihte, bildeten nun diese Kernfetzen einen Faden, eine Kette, bei
der Glied für Glied ineinandergriff, eine stete Fortset-
zung, organisch und plötzlich ganz fest, denn Zusam-
mengebautes hatte Sollbruchstellen, Gewachsenes war,
bei allen Widrigkeiten, ein stabiles Konstrukt. Wie damals also, nur dass das Bild sich jetzt nicht wie eine

Flucht anfühlte, sondern wie ein Werden, ein Gewordensein.

Automatisch erkannte Reinhard in den Seiten den durchgehenden Faden. Und er dachte, das wäre, verdammt noch mal, ein gutes Gerüst für ein Buch. Er müsste nur all die Absätze mit viel Leben füllen.

Reinhard hatte eine neue Mission, die, wie er unaufhaltsam stark in seinem tiefsten Inneren spürte, erfüllt werden musste. Er würde alle Tresore seines Seelengedächtnisses knacken und es in Erzählform bringen. „Man kann Orte wechseln, seelische und geografische, der innere – der innere! – Lebenslauf nur bleibt das Hauptziel." Es war brillant, was Reinhard empfand. Und mehr noch: Er hatte das Gefühl, dass er nun etwas für sich gefunden hatte, was ihm wirklich Freude bereitete. Ein neues Wagnis, vielleicht das wahre?

Und da Reinhard bereits Mitglied der IG Bildende Kunst war, schrieb er die IG Autorinnen Autoren in Wien an. Und wurde aufgenommen.

Intermezzo:

Ich machte aus den Dellen in meinem Leben Becken,
    um daraus zu schöpfen.
Aus dem Vollen; in vollen Sätzen.
Ich wollte in gewissem vergangenem Schlamm rückenschwimmen.
Damit ich dadurch doch hinauf, nach oben, schauen
    konnte.
Verschwitzt – auch, na und …

Das Bad, das ich da plötzlich zur Verfügung hatte,
   war riesig.
Ich spürte Druck aus Glück.
Unerklärlich vielleicht.
Qual – ein bisschen – war das Vervollständigen zwischen
   Traum und Forschung.
Was ist wirklich … (?)
Website für Selbsthilfe.
Habe kurze und lange Sätze gemacht.
Scheint mir.
Fast so.
Schrauben.
Musste lachen, als ich mit all dem Angriff auf meine
   Person … – na Sie wissen.
Traum, ein wenig.
Getroffen, nicht immer glücklich dabei.
Als ich darauf hinwies.
Lösung.
In meinen Träumen unaufhörlich.
Vorsichtig lesen.
Brechen.
Das Dahinterliegende.
Meinen Willen zu Zielen, Auftritten und Visionen fuhr
   ich.
Mit meinem Leben hätte ich's gerne getan.
Hab's nicht machen können.
Nicht unbedingt.
Nicht unbedingt in die Vereinigten Staaten ziehen
   wollen.
Begleiten können.
Vor allem meinen Traum.
Mir wünschend Vielfalt.

Ein großes Seelenzuhause.
Und überwältigende Veränderung.
Ein Ziel zum Verwenden.
Ich wollte sicherstellen, dass ich viel sensibler war als das, als mein Leben.

Anagnorisis

Ein alter Freund von Reinhard, ein bekannter Wirtschafts-
experte, hatte eine Professur an der Universität Innsbruck inne. Er war ein intellektueller und sehr musischer
Mensch, mit großer Zuneigung auch zur Kunst im Allgemeinen.

Sie hatten sich vor langer Zeit aus den Augen verloren, aber als dieser erfahren hatte, dass Reinhard wieder
nach Innsbruck gezogen war, stattete er ihm einen Besuch ab. Und dieser Besuch sollte Reinhard nicht nur
weiteren Auftrieb geben, er sollte die Wende in seinem
neuen Leben bekräftigen. Denn der alte Freund war so
angetan von Reinhards Kunst – den bildnerischen wie
den lyrischen Werken –, dass er beschloss, ihn – auch
finanziell – zu unterstützen.

Nach so langer Zeit und so plötzlich waren nun so
viele Dinge in Reinhards Leben passiert, die ihn endlich
ruhig machten, zufrieden. Zum einen die Liebe, zum anderen … ja … Dass das leidige Thema Geld sich für einen Künstler als so wichtig herausstellen sollte, ist traurig, aber so war es nun einmal. Denn Reinhard konnte
sich nun voll und ganz auf sein Schaffen konzentrieren,
ohne darüber nachzudenken, wie er das Geld für seinen
Lebensunterhalt verdienen sollte.

Reinhard legte seine Hände auf den Bauch und atmete lange durch, als würde er in einem ruhigen, tiefen
Seelensee waten, und er meditierte. Sein Brustkorb ex-
pandierte, mehr Raum für mehr neue Luft schaffend,

und seine Seele machte es wie die Lotusblüte vor seinem inneren Auge.

Er fühlte sich nicht mehr auf der Flucht, wenn auch noch nicht ganz angekommen. Doch er entspannte sich.

Wann verschwindet die Störung, wann beginnt ein Wohlbefinden?

Reinhard atmete tief ein und durch und mit seiner vollen Erwartung lehnte er sich zunächst einmal kurz zurück, denkend an seine Geschichte, die in Lebensszenen etwas Interessantes ergeben könnte beziehungsweise würde. Die Versprechen einer Geschichte besitzen Kraft; sie ergeben und gaben ihm die Möglichkeit, etwas zu beantworten.

Reinhard schaute noch eine Weile auf seine Zeilen, die so aussahen, als wären sie synchronisierte Noten. Das Tempo, welches diese sich hinterher- oder vorausrennend vorgaben, entdeckte er unweigerlich, wäre das Tempo, vergleichbar einem *andante with a crescendo* einer Symphonie – zum Beispiel.

Reinhard fragte sich, ob man, warum man, nicht einen Roman schreiben könnte, als wäre er etwa wie eine Symphonie?

Reinhard klappte seine Hände über das Papier, auf seine Finger schauend mit diesem Blick, der, von oben hinunter, durch alles hindurch, unscharf bis in die Ewigkeit blickte.

Nachsatz

A priori eine schmerzhafte Empfindung – von Natur aus eine solche, mit masochistischem Ansatz.

Leben in Missbehagen schreit nach Erster Hilfe. Ja, aber, um es zu deaktivieren, braucht es eine Lebensform ohne Zögern.

Ein Startschuss: „Der Weg ist das Ziel" entscheidet darüber, wie sich alles ändern wird.

Ich setze ein prächtiges Lächeln auf.

Also mit meinen starken Händen den arg kargen Boden einsammeln, den einen, „der da einige Meter tiefer unten", den der gewesenen großen Reinfälle.

Ein Abenteuer, das sich zu Fuß tun oder – immer der Gesundheit wegen – auch auf dem Fahrrad aufrecht, freihändig in die Pedale tretend, wahrnehmen lässt.

Ich erinnere mich, wie oft ich immer wieder den Verkehr zu früh „eröffnet" hatte – nach einem jeweiligen Unfall: mir vorstellend, dass ich mich wieder aufgerichtet hatte.

Ein wenig aggressiv steige ich aus dem Lebenskrankenwagen und lade mir meine Anfänge auf die Schultern, um sie zu einer Badewanne zu bringen und sie in dieser nicht zu ertränken, aber zu waschen.

Jetzt also weiter Zement bewegen.

Und dieser Landstrich ist nicht am Meer.

Auf der Straße, beim Überschreiten der Grenze zwischen dem Wind und dem gezeichneten Gesicht, ziehe ich den gestützten Bauch ein.

Der lose Zustand erzielt keine Wirksamkeit, wenn er in eine unbegründete Angst eingebettet ist.

Unter dem Lack ist dies alles freilich Widerspruch.

Ich eröffne ein neues inneres Gebäude, ausgehend von einer blauen Treppe oder blauen Skala.

Und ich liebe die Idee, an einem anderen Ort zu leben.

Aber das Licht des Sommers ist jetzt das erste erreichte Ziel.

Mit ruhiger, gelassener Stimme bin ich nach dem Erdbeben glücklich, wenn auch überrollt, stehen geblieben zu sein.

Ich fühle mich noch wie auf offenem Meer – auf hoher See.

Ein ehrgeiziger Traum.

Dem nach der Hungersnot zu folgen.

Inhalt

Die Arbeit am Buch wurde durch Stipendien seitens des österreichischen Bundesministeriums für Kunst, Kultur, öffentlicher Dienst und Sport, des Amtes für Kultur des Landes Tirol sowie durch eine Subvention des Magistrats der Stadt Innsbruck gefördert.
Die Drucklegung erfolgte mit freundlicher Unterstützung durch die Abteilung für deutsche Kultur in der Südtiroler Landesregierung sowie der Autonomen Region Trentino-Südtirol und der Stiftung Südtiroler Sparkasse über das Südtiroler Bildungszentrum.

Umschlag: Dall'O & Freunde
Umschlagbild: Ivo Rossi Sief, lösungsorientiert, fotografiert im Innenhof des Ateliers in Innsbruck, 2020
Druckvorstufe: Typoplus, Frangart
Lektorat: Verena Zankl, Innsbruck
Korrektur: Stephan Naguschewski, Helene Dorner
Druck: Lanarepro, Lana

ISBN 978-88-99834-20-3

Retina ist ein Imprint der Edition Raetia.
Unser Gesamtprogramm finden Sie unter www.raetia.com.
Bei Fragen und Anregungen wenden Sie sich bitte an info@raetia.com.

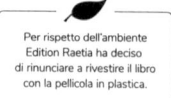